U0801173

寻你

Seeking

小地梨——著

上海辞书出版社

目录

第三辑　人间有爱

第四辑 重生

第五辑 自然之美

第六辑 古韵新构

什么样的无法忘记值得寻觅

汪涌豪

原以为职场成功的董颖离文学很远，离开诗歌更远。但当我看到她本人，读到她的这部诗集《寻你》，很快发现由先入为主造成的误判有多严重，而不易得到的美好又多么容易被错过。

我之所以用“美好”一词来状说读这部诗集的感受是有充分理由的。因为无论是吟咏田园、山川、草木等自然景致，还是瞩目由自然与人劳作相配伍构成的季节、时令和风物，乃或更广远的大地游历、亲情感怀与经典品读，她都用能导源于内心的真诚去凝视、去发现其中的美好，然后将其交付清词丽句，用仅属于自己的泠泠七弦，轻揉、慢挑与低吟，作成绚烂可诵的华章。

所以在她的诗中，你可以看到人所陌生和未知的皎洁静美的“月光花”（《月光花》），可以幸会“当青山听到了春的呼唤 / 它便开始绿”这样灵动的表达（《懂》），还有机会听到“院子里的猫 / 春吟了一晚”（《相思》），为她联通感觉的巧妙与体验的出人意料由衷地赞叹。她曾经写有一首《劳动》，这是一个不常入诗人法眼的题目，居然也写得非常出色，其中“完整而有计划 / 你持之以恒且坚持不懈”云云，似道出了她作诗的甘苦，让人想得到一种持久的努力，非热爱不足以支持。

当然，诗集中还有“森林里开起了假面舞会 / 温度催化着的是蠢蠢欲动的心 / 躁动躲藏在面具后肆无忌惮 / 高傲的面具们不言不语 / 任由花色的舞步划出孤单”（《假面舞会》），这类揭出生活另一种面相的作品，它们构成了她唱诵的美好的、更复杂的背景。于此，又可见她的观察和体验并不缺乏与这个世界以及不完美现实的相关性。在《诗歌与新闻》中她曾经说：“新闻常常比诗歌更有想象力 / 诗歌却比新闻更真实。”基于她上述的观察体验，人们完全可以将这里的“新闻”，换作“被一团星云笼罩 / 好坏对错挤在一起”（《世界本混沌》）的“生活”。这就是为什么她一方面如此投入和相信地热诵亲情与爱情，如她那首《父亲的天空》，几乎最令我动容，但另一方面，又能“把问号编成诗歌”（《世界本混沌》），对现实中存在的假真与伪善，提出虽微弱但也够实在的批评。可以想见，这种时候，她的内心一定会有一交替往复的纠结过程，一如她所说的，可能是“婴儿长成了歌者”，抑或“歌者又回归了婴儿”（《诗歌与新闻》）。

至于调用意象，跨界打通；涉足旧体，酿成新意，所谓“骑着平平仄仄的马穿越古今”（《诗》），形式比较多样跳脱，又是其诗集可以一说的优点。显然，这是基于她对文字有依赖，有倾爱。用她自己的话，文字关乎信仰，可以让她的灵魂“在神圣的文字里寻找光“（《文字里的信仰》）。我相信，她能无视生活中的桃红柳绿，当别人在描眉，她只是写诗，乃至“无法戒掉诗歌“（《执着》），是因为真摸到了“语言之骨”。

然而，诗歌所应承载和所能承载的毕竟更多。记得西班牙诗人胡安·希梅内斯曾说：诗歌须有“充沛的、深邃的倾向”的情感，为此，他甚至不认为诗是文学，因为诗“必然是心灵的，而文学则不需要，甚至也不必成为心灵的”。我因此想告诉董颖，正如她已经体会到“人生终究是悲欣交集”（《问》），就根底上说，诗因此并不应像萨福《致阿尔凯奥斯》所说的那样，尽说些“高尚美好的话”，诗的任务因此应该刻入人的心髓，有以色列当代最伟大的诗人胡达·阿亥米所说的“既是公共的又是个人的历史意识”，然后“在个人的历史和周围的历史之间创造一种均衡”。依此看，如果诗只有清、秀、雅，包括在节奏、速度、停顿和起伏上过于均质和匀速，是不够的。好的诗，是让人读后思，读后哭；让人深深地失落，然后沉默。以此衡裁，董颖应能看到未来的进路。

最后，谨以里尔克曾说过的话送给她：“年轻时代写的诗多么无足轻重啊！我们应当懂得等候，懂得花一生的时间采掇灵性与柔情，然后，也许在晚年，我们可以写出十行算是有价值的诗。因为诗并不如一些人想象，只是感情。诗是经验。”包括胡达·阿米亥所说的：“把我归为诗人一类的想法让我觉得讨厌——我的诗涉及我周围和内心那么多东西。”以本就具有的过于常人的纤敏与灵透，真希望董颖也能有这样的认知和自信。

第一辑 寻你

| 爱情需要凝视 |

第一次见你
在皑皑的白雪地上
你的眼睛如跳跃的小鹿注视着我
温柔明亮

夜晚
踏着隆隆的金属鼓点
年轻的荷尔蒙冲破羞怯
在纷扬的白雪热吻中
在迪斯科吧台的劲舞中
在电影院的耳鬓厮磨里
带着对未来的期盼和热望
我们将爱情交付

以后
我们天涯同相赴
生活成了油盐酱醋的交响曲

很久，很久

我们似乎

不再相望

再见你时

夜晚的天空中没有星星

空气冷得发亮

在你捧起我的双手

呵气时

我看到了你眼中的小鹿

闪着北极星的光芒

原来爱情

需要凝视

我们从未相忘

冰与火

我是一块冰
一块亿万年前的北极之冰
白色是我的盔甲
晶莹是我凝住的泪
骄傲着我的孤独
骄傲着苍穹之下的冻土
骄傲着目之所及的坚硬

你是一团火
一团从元古燃烧至今的原火
你所向披靡
战无不胜
红色是你的天空
焦土是你的战果

冰火两重天
亿万年来我们从不交集

火有火的热情

冰有冰的坚持

一场风让我们相遇

火在冰上走

冰在火下融

那场你死我活

那场刻骨铭心

断送了这场火和这块冰

只有那汹涌的波涛

带着冰及火的交融

带着冰与火的跌宕和缠绵

淹没了喜马拉雅

……

连佛也垂泪

爱情太不环保

| 思念的胡思乱想 |

有一种思念
素未谋面
有一种遐想
万水千山
有一种愉悦
电石火光
有一种雀跃
只在心头
没有柴米油盐
没有江湖纷争

它在与世隔绝的深山
散枝开叶，尽情绽放
凝几滴朝露
披一身霞光
风中摇曳

吐露深情
它是一只翩跹的蝴蝶
破茧而出
随时起舞
随时停驻
来无影去无踪
百花却把心事悄悄诉

它在泠泠七弦
轻揉慢挑低低吟
穿过村庄
透过深巷
如远山的万壑松鸣
如古寺的晨钟暮响
咬着于每一个聆听的耳朵

它在街边拐角的图书馆
散一阵墨香

吐几句真言
似默默无语
又千言万语
带着生不逢时的心心相印
苦苦寻觅着轮回的身影

让思念的胡思乱想造访吧
真诚的、热烈的
荡气回肠的
它会涤荡你的忧伤
明亮你的双眸
它会改变你的生命

因为
没有自由的思念
心湖该多么萧条
没有自由的思想
皮囊又该多么无聊

相思

一群大雁
在相思的深海里
告别了北方
池塘里的两条鱼
在相思的泪里相濡以沫
院子里的猫
春吟了一晚
我的思念
压弯了家乡稻田的麦穗
我的暗泪
喂养着池塘的鱼

战火中的你
是否收到我寄去的冬袜
我把殷殷的思
织入了你的袜头
我把切切的念

编入了你的袜尾
我用细细的发丝
绣上了我的愿
又悄悄地在袜筒
塞了一片如火的枫叶

你说
捂着红枫树下的我
你穿着袜子入眠

| 心动 |

山野吹着冷风
我在暖暖的被窝里琢磨着你
嗅着粉色的玫瑰花瓣
思量着这纷飞的雪

雪一望无际地飘
絮絮的绵软
飘进荷塘开出夏莲
落在地上摇曳了野菊
优雅地转身翩跹成一行诗
敲动起高高低低的音阶
如你的唇

那抹唇印上上下下
左左右右不停地翻飞
染红了点点冬梅
如你的诗

舞动的红红白白

就这样冷冷热热地洗刷着这颗沉吟的灵魂

蹲下了身子，却伸长了脖子

一个机灵

心早已漫了雪

| 夜 |

夜半醒来
伸手揽住身边的你
与你一起穿越这夜的黑
知道这夜的黑
知道这夜的浓
看不见江山和荣辱
看不见富有和贫穷

只有你的呼吸
均匀地在耳边起伏
只有你的温存
暖着我微凉的肤
只有你的心跳
和着我的
多少英雄泪
几多红颜心
迷恋着这心香一柱

缭绕的前世今生

焚出明皇不早朝
焚出温爵弃江山
焚出顺治万念俱灰失鄂妃
焚出三桂一怒为红颜
焚出孟姜女哭长城
焚出亿万繁星耀夜空
暖了红尘，痴了穹宇

日，是拿来渡的
我们确是为夜而生

| 爱 |

我是一片云
坠入了大地的情网
开始了躺平的旅程

想你时，翻滚的心凝成墨
煮成雨淅沥进你的怀抱
煎熬时，无处安放的魂结成冰
碎成片片雪花，只想把你拥抱

我四处奔波，呼风唤雨
将你尽数亲泽是我的梦
我云层滚动，电闪雷鸣
你可听到我的呼唤

我早已不是一片云
我是一滴雨，我是一片雪

间性之维　周长江

为你，我低到尘埃里

只想静静地融化

抬头看着天边的云

无比幸福

| 等你 |

我焦灼地在一堵黑灰色的墙前踱步
时间的飞机在头顶来回地轰鸣
于是
我在墙上琢了一条缝
把自己卡在里面
等你

我早早地洗漱上床
黑暗里数着闹钟的嘀嗒声
祈祷着梦神的眷顾
在弗洛伊德的世界里
你的影子曾经造访
好像还吻过我的额头
今夜等你

我匆匆地奔走在大街小巷
阳光明媚而浑然无觉
我的眼神守望着每一个暗角

In-Out Senies No.11　张晓刚

在那里

与你的刚好抬起的黑眸不期而遇

寻你

等你

门口的那颗榆钱树

借着秋风的蛮力

抖落了几世的洪荒

我拾起了几片它的过去

炒成一碟美味

备上一瓶酒

与过去一起

等你

我把自己网在织女星的圈圈中

准备在那打个盹儿

静静地

等你千年

｜眉眼去了哪儿｜

你是天边的一片云
一眼望不到底
分明没有眉眼
为何雷电交加
刺透我的心

你是一片斑驳的叶
早已褪去了纹路
为何我却看到你昨日的经脉
根根分明
不停地喘息
还有喟叹

你的眉眼太深情
我只能把它锁在抽屉里
洒上玫瑰花露
让我的偷窥
与花香一起弥漫

肖象　童雁汝南

山中

我在山顶看着山下
云里雾里雨里雪里
阳光灿烂的明媚里
看着山下的大海蔚蓝一片
看着山下的村庄万家灯火
看着远方千帆点点
目光寻找着山中的你
那抹一闪而过炽热的红

匆匆的路上只想着攀爬
匆匆的路上风景模糊
匆匆的路上心没有标记
千百条路里找不出回头的路
只是那惊鸿一瞥啊
为什么那抹红
如此如此，强烈地
霸占了我的心房

红帆　董欧华

| 惜月 |

弯弯的月亮懒懒的梦
梦里的佳人斜斜地倚
无心的小手轻轻地
徘徊在洁白的胸口

沉眠于如雪的枕间
她似白云，花般盛开
那偷偷泛出的泪花
犹如斑斓而苍白的欧泊石

无眠的诗人啊
虔诚地吻住这晶莹之花
深埋于远离阳光的心坎

| 稻草人 |

你是风中的一颗草籽
因为会笑
钻入了我的鼻子
痒痒地，卡在我的喉咙
我使劲地咳
可你还是坠入了我的心

你是我心上的一颗草籽
弹跳在我的脉搏间
热血以为你只是一分钟的热情
毫不留情地调侃着你
小小的草籽，只想着发芽
竟在心上钻了个洞

夜黑风高的芦苇里
小小的草籽
燎原了我的旷野

烧毁了城墙

烧焦了土地

露出了血脉沟壑

露出了思念的伤痕

露出了助长的风

我已是个稻草人

无法动弹

只会流泪

黑发里的春天

二月的轻风
悄入山谷
我如瀑的黑发
披落在小山坡
弯成潺潺的小河
等待着春天

弯弯的小河上
飘来黄灿灿的迎春花
热情的花柳
在黑发上咯咯地笑
弯弯的小河上
飘来娇艳的桃花
害羞的桃红
喜在耳边窃窃私语

弯弯的小河上

间性之维　周长江

落满粉白色的樱花
飘飘扬扬的黑发
掀起新娘的面纱

弯弯的小河上
盛开着紫红色的玉兰
一朵一朵
亭亭玉立在马尾辫上
你的小舟在我的黑丝绦里游走
一不小心在三千发丝里迷途

你放下木桨任由河水载你东西
和煦的阳光照着你微醺的双眼

我甩了甩我长长的黑发
波光粼粼的河水露出荡漾的春心
我甩了甩我长长的黑发

你在发丝的摇晃中半梦半醒

我甩了甩我长长的黑发

山谷里传来了春姑娘的呓语

泪洒香山

今夜的香山雨声涟涟
今夜的香山风声涛涛
今夜的香山滴滴答答
今夜的香山木鱼声声
想你的心潮起起伏伏

今夜的香山踏着晚秋
红叶的秘密是我相思的愁
莫问枫叶为何这样红
你的吻印染红了半香山
莫问枫枝为何那样柔
那是你环抱我腰间的手
莫问红叶为何那样浓
你漆黑的凝望给了它如魅的魂
莫问红叶为何密如云
拾级而上的欢笑曾经一路倾泻

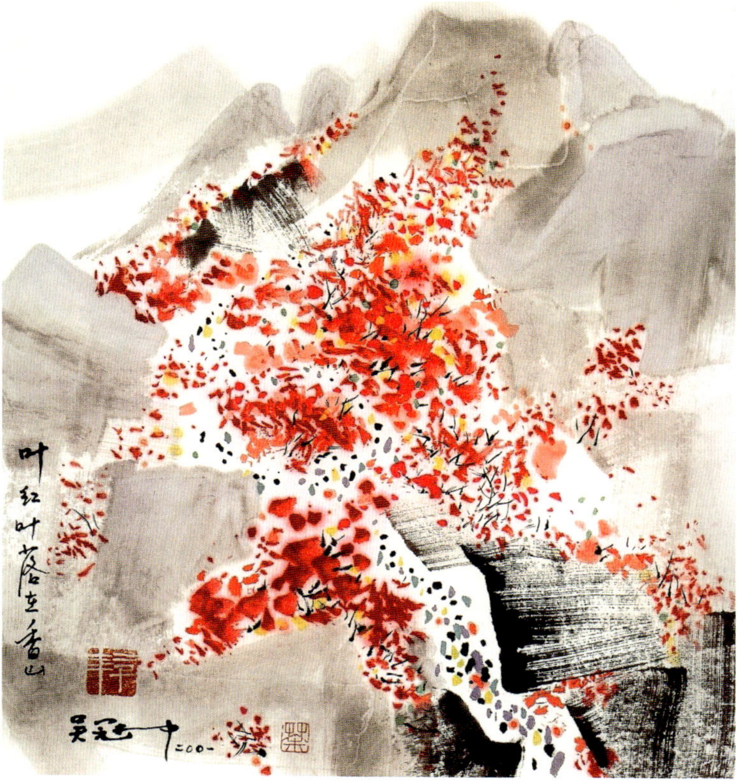

香山红叶　吴冠中

太阳的呓语
曾经温暖过碧云寺的青灯
远处的紫禁城灯火通明
你的方位早已模糊不清
阑珊处无影也无梦

人世间那一片云啊
为什么走着走着就散了
为什么爱着爱着就丢了
我已听不清你在香山的呢喃
飞鸟在雨中被打湿了羽毛
再也无力前行

| 月光花 |

你可见过月的花
皎洁如月，静美如光
你可闻过月的香
清甜如桂，绵长如酒
月光花
随着月亮爬上山坡
把一捧捧莹亮的纯静
洒落在窗前小院
照亮了心底的期许
通透了暗角里的殇

请不要叫它牵牛花
它的生命只留给白
请不要叫它牵牛花
它的绽放只留给夜

它是月的情人

细细的藤蔓长成月亮的梯子
用人间的暖温热了嫦娥的酒
它是夜的卫士
花蕾和花蕊点亮着花瓣
如月，如灯
照亮山野归家人的路
指引大海里远航的船
抚摸着心底不解的忧

假如白天你不敢哭泣
假如寒冷让你战栗
假如你怕夜的黑
请种上一把月光花

它将化作黎明的第一缕光
用它的凋谢迎接永生

无题　唐海文

|一朵柳絮的沉沦|

玉兰初绽，杏李含羞
一汪深潭依白云
一剪倒影，两岸桃红柳
我干渴在你的凝望里
一朵柳絮在春天沉沦

推窗欲问
左顾右盼，却话别后风尘
十里幽深处，相思已成秋
我在你的眸底找到了我的角落
柔软在你的凝望里
一朵柳絮在春天沉沦

眼中柳絮乱纷纷
常恨春风吹乱心
恰如常把诗歌望
却道诗歌会上瘾

| 如你如松 |

黄山顶上的那棵松啊
我仰望你
我仰望你秀丽的丰姿
随意踏着山顶的那颗岩石
粗壮的发丝如针般竖立在桀骜不驯的头颅
苍劲的枝干挂着白云
左手伸展接住了朝霞
右手含羞遮住了脸庞
春夏秋冬滋润着你的油绿

我是山间的那棵小草啊
告诉我
我可否如你般秀美挺拔
我可否如你般无惧无畏
无情的山风摇晃着我的意志
我的半条根露出了地面
狠心的暴雨狂轰乱砸

我的小枝被浸泡得棉软无力
冰冷的白雪只想摧毁我
我以为我再也不会苏醒
春天来的时候
我奄奄一息

我无意间触碰到你的枝干
百感交集
我有意如你
可我不是你
我面目狰狞地
狼狈不堪地
竟也站成了黄山顶上的一棵松

初恋

樱花有泪
我在想你
樱花有泪
我的心为你撞鹿
樱花有泪
我的身为你战栗
樱花有泪
我的眼为你起雾

清晨的那滴露珠啊
是你催开了我的渴望
你的湿润
滚开了我每一寸的绽放
晨光熹微时的左花瓣
娇阳初升时的右花瓣
八九太阳时的前花瓣
艳阳高照时的后花瓣

晌午烈日时
浸润了的花蕊
夕阳斜照时
融进了粉白如翼的琼片
嫩绿的花萼
便婉转轻吟了一晚

那朵樱花携着那颗泪
度过了短短的一生
飘花入泥时
依稀有梦
记得那颗泪的
柔肠寸断

| 假面舞会 |

春风吹开摇摇欲睡的花瓣
万木赶紧粉墨登场
姹紫嫣红的芳草地上
森林里开起了假面舞会
温度催化着蠢蠢欲动的心
躁动躲藏在面具后肆无忌惮
高傲的面具们不言不语
任由花色的舞步划出孤单

我是一朵害羞的茶花
为了取悦城北那棵飘逸的树
戴着花蝴蝶的面具
在蓝色玛瑙河里与树共舞
东风携着眼眸在星光下流转
月光沉醉在摇曳的舞姿
不要问我到底是花还是蝶

虽然我如蝴蝶飞舞
我的盛开依着垂柳
虽然我朝来暮去踪迹飘忽
我的根却扎在土地
虽然我身在百花丛中
茶花的心只在树边摇晃

人生就是一场假面舞会
戴着面具玩着心跳
真情和假意捉着迷藏

也许
你只记得那只蝴蝶
我却香消玉殒在树旁

| 这一刻 |

我知道春天终会凋零
就让我享受这片刻的绽放
我知道白天也会出让给黑夜
就让我追随光的倩影青葱
我知道白云不会驻留
就让我凝视这无边无际的涌动
我知道朝代终会更替
就让我关心今天的柴米儿童
我知道你也终会离我而去
就让我们在这一秒深情相拥

我知道
你会化作夏日清晨那一颗露珠
读懂我眼里的春夏秋冬
我知道
你会随冬雪飘落在我的小屋
等待我用双手捧起你遥远的星空

执扇的女人　丁雄泉

时间的长河滚滚向前

聚散依依的浪花徘徊在我的瞳孔

我只知道

这一刻

我在描眉

你在写诗

花园里的丁香实在太浓

｜最后一朵郁金香｜

那花瓶插着最后一朵郁金香
萎靡不振，蔫蔫破败
那花瓶插着凋零的感情
冷冷清清，暗自神伤
加满水也无法挽回的鲜活啊
爱情在干枯的花心里假装遗忘

那五颜六色的郁金香花海
曾多么自豪地托起你纤盈的花枝
那五颜六色的郁金香花海
曾用怎样的花眸爱抚过花蕊
那五颜六色的郁金香花海
曾用怎样的热情燃烧过夜的星空

何时这星光渐行渐暗
只剩清冷的月光
煎敖着无眠的草虫
何时这花的情绪越来越失控

只剩半点寒星
照着与怒放渐行渐远的猫
何时这心情越来越疏离
只剩这半瓶清水
冻结着瓶中的飘零

记不得春光也曾摇曳生姿
记不得冬雪也曾山盟海誓
只剩陌生的眼光
还有那半空中无处安放的手

往事如烟，旧尘如梦
那花瓶里最后一朵郁金香啊
轻轻放手，就让最后的花瓣飘落吧
我会晒干你的黄
用书页埋藏你挺挺玉立的尊严
让那一片灿烂的郁金香花海
开在无人的字里行间

影子

海枯石烂实在太长
三生三世是个童话
今世此刻
我刚好在你身边路过
就让我把你倾情拥有

你的流星刚好划过我的上空
我在原野的尽头把你收入囊中
我便如海风
横扫你的汪洋
我便如春雨
滋润你每一寸土地

请在秒针的嘀嗒里把我凝望
眨眼实在浪费时间
请坚守你的心无旁骛
我要把两个脚印完全重叠
请坚决地无视桃红柳绿

我就是荒野上属于你的草

请陪我从日出到日落
从日落到星起又星没
请摘尽繁星堆在我的沙滩
我会搞下那个月亮
插在你的星堆上

让我柔情的帆随蜜意
在海风里驰骋
你的笑只为我开
我的泪只为你洒
天地唯你
宇宙唯我
万物在静谧的磁场里消失

我是你港湾里唯一的船

你是我船上唯一的桨

用心摇那把桨吧

春水会把你愉快地吞没

请不要莞尔

我就是如此贪心

谁让你在佛前许愿做我的影子

| 永远的草莓地 |

蓝蓝的天空，白白的云
我来到你的草莓地
永远年轻的早已逝去
想你的时候
手里的青花瓷碟碎了一地

世事飘渺
闭着眼睛的日子如白驹过隙
没有忧愁羁绊我们
你留下的遗产无人可及
战争暴发了一次又一次
草莓地里芳草如茵
五月的草莓红得诱人

蓝蓝的天空，白白的云
我来到你昨日的草莓地
昨日的烦恼如晨露被太阳蒸发

昨日的我们忙着热恋写情诗
昨日的工作没有被机器取代
昨日的飞船连接着星体
昨日的战争已经结束
英国的皇位也顺利传启

躺在我身旁做梦的你
如潺潺的山溪
你喂我吃带着溪水的红草莓
一颗又一颗

蓝蓝的天空，白白的云
我来到你的草莓地
日子难过的时候
我来到你的草莓地

对鹦鹉说

你这只红嘴绿羽的鹦鹉
实在太调皮
我不怪你在我的园子里聒噪
我不怪你在我的池塘里洗澡
为什么要问我的情窦为谁开
为谁怅然若失
为谁忍俊不住
怪只怪那天毛毛雨下湿漉漉的眼
怪只怪傍晚雷电交加中悄悄送来的伞
怪只怪清晨阳光下那微微翘起的嘴角

你这只红嘴绿羽的鹦鹉
实在太调皮
为什么在窗台前探头探脑
为什么在梧桐树上与蝉交头接耳
好像我的心事你都知道
我加速的心跳你能触摸

怪只怪西子的雨季太缠绵
石拱桥上的身影太瘦长
怪只怪周庄的小桥流水太多情
摆渡船上的凝视太闪亮

你这只红嘴绿羽的鹦鹉
你要是我的朋友
就把我的名字
对着隔壁的小竹林天天吟唱
我在黄浦江畔静静地等候

| 遗忘 |

是谁的琴声如此悠扬
用发丝拉着我心湖的弦
一个翩若惊鸿的身影
在如火的夕阳下
伴着草黄的芦苇翩翩起舞

是谁的泪珠从眼眶涌出
滴落在唐古拉山口
一树五颜六色的经幡
把翻滚的泪水
祈祷成一池平静的蔚蓝

是谁的心跳如此激烈
澎湃在我的胸口
那晚明月悄上柳梢
一池粉白的荷莲
从此让我心动过速

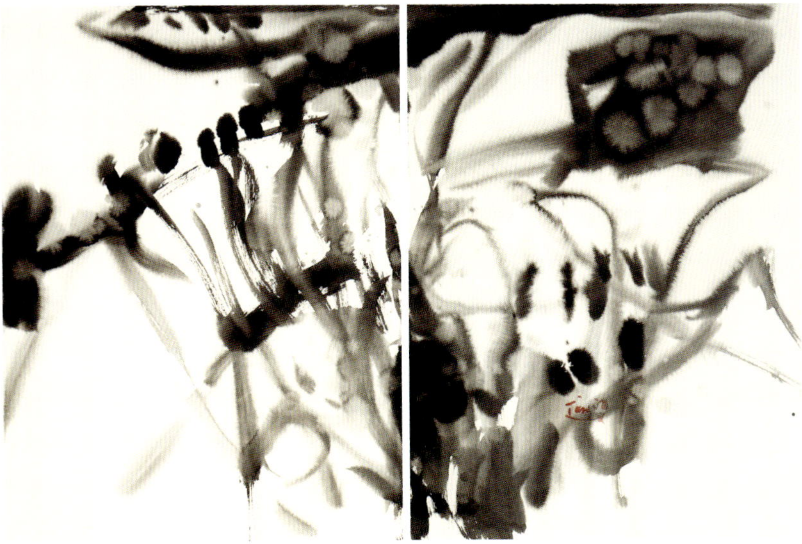

痕迹　唐海文

遗忘
如清晨的朝露
不知云起何时
雾自何方

遗忘
如脱缰的野马
奔腾在无人的旷野

遗忘
是那年那月你的脸
淡去了曾经清晰的痛

遗忘
如庞贝古城
被厚厚的灰土尘封

为什么

平静的土壤如此湿润

有些过往蠢蠢欲动

在遗忘的角落

一朵小雏菊破土而出

第二辑

归与不归

｜故乡｜

倾盆的雨后
夕阳如镜
奔驰的火车
掠过绿树和草原
那颗驰向故乡的心
飘过教堂的钟声
落在村前的小屋
张望

依稀
那个十五岁的少年
背着行囊，戴着耳机
喜欢
阳光穿透玻璃糖纸的斑斓
和万花筒里的碎碎拼
于是
告别了海边的贝壳

山里的蘑菇

和小屋前的父母

穿过阳光，雨夜

奔向了满天繁星的

远方

任由

那辆火车

在他的梦中穿行

追寻

万花筒中五彩的晶亮

低矮的阳光夹杂着乌云

照射着海滩落潮时

斑驳的岩石

寄居的螃蟹

快乐地和孩子们做着

捉迷藏的游戏

一不小心

成了孩子口中永远的味

阳光浓烈没有燥热

海风清冽着土腥

渔夫清晨归来的渔船

和桌上鱼虾的清咸

是少年味蕾的治愈

和梦中的芬芳

背着行囊的路上

雪中的流年

兜兜转转

故乡

成了万花筒中最闪耀的亮片

风中的花

雨中的云

飘到哪里

每一次期待的邂逅

都是故乡

尼罗河之女

遥远的太阳之下
有一条河叫尼罗河
她是一条性感的河
她是一条丰盛的河
风沙万年
尼罗河不紧不慢地流淌
好像午后刚醒的女人
漫无目的的慵懒

它蜿蜒不绝
以细细的乳汁喂育了千年的文明
它让微干清冷的风穿梭于绿茵和沙漠
它让阳光、干涸、湿润和雨露在一处开花
它摆渡过无数法老的灵魂
留下不灭的躯壳
苦苦等待
它目睹了金字塔的崛起和落寞

守着最初的诺言
它孕育了世上最妖娆的女儿
隐藏着最深的遗憾

她的眼睛如紫色的葡萄
她的肌肤如丝滑的牛奶
她的身躯如坚实的春藤
她用石墨勾勒晶亮的眸
胭脂虫涂红了丰厚的唇
红蓝宝石点缀闪亮的黑发
青金石项链垂在纤颈上闪亮

她坐着金色的大船
裸露着丰盈的身躯
轻佻的双眉诉说着野心
微启的双唇低吟着欲望
罗马大帝为她倾倒

帝国最威武的战神为她流连

她要让尼罗河流淌至罗马

世代绵延

功败垂成

她把最后一吻献给了毒蛇

尼罗河上风声萧萧

至今还在哀悼

它最美丽性感的女儿

克莉奥帕托

她是那片不甘的丰饶

她是无人可及的曾经

她是传说中的古埃及

| 烟火魔都 · 上海 |

百川入海的沪渎渔乡
沉淀出一片春申之邑
江南的婉约遇见了大海的磅礴
他们悄悄地筑了一个爱巢叫上海

她的春天猝不及防
白玉兰在第一缕春风中怒放
每一片新绿在楼边墙角爆芽
带着江南独有的湿润和清甜
滋润着鳞次栉比的摩天大楼

她的夏天梧桐茂盛
掩隐守护着千街万巷
弄堂里飘出五颜六色的花裙子
那是她心爱的梧桐之花

秋风起时

新上海　薛松

梧桐之花便披散下长长的黑发
与梧叶在风中共舞

她的冬天属于大大小小的咖啡店
一杯咖啡几片面包
三五知己窃窃私语
温暖着都市的寒冷
舒缓着紧张的节奏

爱巢里有一条弯弯的大江
滚滚江水载着千舟入海
左拥几何状的高楼玩着新潮和心跳
右抱百年的欧式建筑诉说着雍容和沧桑
川流不息是她的奋斗
庭院深深是她的慵懒
她是一瓶百年的陈酒
丰富、多元、甘醇而迷幻

有着阳春白雪的纤细晶莹
有着市井烟火的玩世不恭
有着海纳百川的大气
有着柴米油盐的精细
有着推杯换盏的灯红酒绿
有着平常人家的其乐融融

她是咖啡她是茶
她是面包她是粥
她是一个爱之巢
她是一座魔幻的都

执着

你让我放下执着
我无法戒掉咖啡
你让我放下执着
我无法戒掉美衣
你让我放下执着
我无法戒掉诗歌
你让我放下执着
我无法戒掉你

告诉自己不要执着
戒掉美衣、咖啡和诗歌
可我如何放下你

乌云何曾放弃下雨
惊雷何曾放弃闪电
蜜蜂何曾放弃鲜花
缠绵何曾放弃悱恻

旋律的表情　董欧华

通过时光折叠的虫洞
我和你在另一个空间纠缠
无影也无光的悬浮里
我们勾兑了七情六欲
你把天边的星星烙在胳膊上
好让我今生在茫茫的黑暗里认得你

这一生
春花秋月等闲度
峥嵘岁月稠
我无法放下你

纽约

你可以嘲笑它的无序
你可以嘲笑它的桀骜不驯
你可以不喜欢它的嘈杂
你可以不爱它的匆匆
你却不能无视它那颗自由的心，那颗澎湃的魂
走进它，它的能量让你激动
它的节奏飙升着你的多巴胺
离开它，你如万茧抽丝般地如释重负
眼前却再也抹不去它的影

它的美有点朋克
它的美有点复杂
它顶着形形色色
林林总总地招摇过街
燃烧着不屈不挠的特立独行
穿梭在如云的高楼间
昂着自以为青春的头颅

行着最急的步

旋转着，飞舞着

坐在黄色的甲壳虫上目标清晰地横冲直撞

它逐梦而去

怀着一颗浪子的心

它载梦而来

它也有樱花的浪漫和一汪春水的温情

它也有秋叶满地的徘徊和红枫枝头的期待

它也有冬雪盖地的蹒跚和踽踽独行的犹疑

中央公园的长椅上飘满思念

人们在每一条长椅上刻下爱的呢喃

它坐在椅上晨看朝阳暮看霞

年复一年

依旧少年

它也有它的迷茫

灯红酒绿里楚楚的俊男美女

送着多情的秋波

跳着步调不一的探戈

无心再见

在最热闹的城有着最寂寞的心

爱与不爱

它都在那儿

| 玉树 |

君住长江头，我住湄公尾
今夜，我们齐回玉树

玉树，那魂牵梦萦的源头
那里雪峰耸峙，冰塔林立
那里芳草如茵，鲜花遍地
那里星星点点的高山湖泊和泥沼溪流纵横交错
每当春归大地
百川在冰封中苏醒
淙淙流水与百鸟一齐放歌

今夜， 我们再度交融
一江春水里，你我百转千回

你可记得
澜沧江边日出至日落的流连
那柔肠寸断的依依作别

间性之维　周长江

你南向湄公我东向长江
滔滔江水踏上征程
一路奔向无涯
亿万年里
你的波澜壮阔没有我的蜿蜒曲折
我的日照紫烟也不见你的香炉

只是，在这个月朗星稀的夜晚
我们一起回到了玉树
想起了一起流淌过的弯弯曲曲
想起了风中银铃般的叮咚
想起了湍急的险滩和冰雪里的战栗
想起了曾经的沧海如今的桑田

明日，明日
我们又将相忘于江湖
我的流淌里铭刻着今晚的玉树

江湖

我仗剑倚在深秋的渡口
走向大漠里的江湖
大漠里的江湖是一盘棋
风起时
沙垒的棋子在漫天的风沙中飞舞厮杀
风退时
黑压压的天山如脊梁横亘在楚河之界
这河西走廊的沙盘啊
铁骑一日踏千里
千军万马擂战鼓
漫天风雪少人烟
驼铃声声丝绸路
它承载了多少帝王的雄心
埋藏了几多铮铮铁骨
那些望眼欲穿的等待
至今滚烫着风雕的岩壁
我仗剑倚在初春的渡口

遥望江南的江湖

细雨绵绵的垂柳岸边

江南的江湖是一席酒

丝竹声声的宴席上杯影交斛

莺莺燕燕它总关情

身怀绝技的侠义剪不断柔情

艺高人胆大的一醉方休

换了一桌又一桌的酒席

更了一朝又一朝的帝王将相

烟雨洗不尽那忠肝义胆、侠骨柔肠

还有雨巷深处袅袅身姿的回眸一笑

你可否记得郭靖黄蓉的江湖

山河欲坠烽烟起

滚滚江水淘尽无数英雄泪

一身绝技遇痴情

婉转空灵偏爱那干净秉直的灵魂

你可否记得杨过小龙女的江湖
那一本正经追逐的旷世武功
拆招过招后皆成烟云
嬉笑怒骂的其实无意
偏见怨恨的却是深情
问世间情为何物
直叫人生死相许

你可曾见到街头巷尾的江湖
栖身着千千万万个你我
万般武艺的，赤手空拳的
姿色倾城的，平常人家的
情义如酒温热着江湖
侠肠如茶涤荡着混浊
江湖是一本自带武功的情书
江湖是一封百转千回的义笺

如果有一天

你不在江湖

江湖依然有你的传说

我们将怀念那个江湖的时代

归与不归

我原是一只美丽的小鸭
爱着花荷月下另一只小鸭
风把我许配给了大漠孤烟胡汉的马
从此漫天风沙里长满了荷塘月色
当巴蜀的秋水填满了月牙泉
我把月牙泉酿成相思的酒
汩汩地冒在巴山的春泉里
不要问我将魂归何处
巴山蜀水的雨珠大漠的沙
拧揉成沙滩上的潮起潮落
大海弹奏着塞上的江南
我在沉鱼落雁的轮回里
骑穿了想念的马

我原是一条弯弯的小河
爱着你手里的渔网和网里的鱼
太平洋的冲刷和洗礼

弯弯的小河变成江变成海
奔腾了百年的江海啊
在家的河床里找到了归宿
它抬头遥望那一轮海上的明月
漆黑蔚蓝里守着它奔腾的秘密

我是一只南飞的雁
风雨兼程只为归
当北方百鸟齐鸣时
我的思念
留在了路上，留在了烟雨里
留在了南方的日出日落里
南归的雁啊
你还是那只南飞的雁吗

我本江南

你邀我飘一场雪
我拒绝了太平洋季风的温情
擦去春红夏绿秋黄的字迹
碾碎了片片白纸的心思
细细密密地洒在了
石拱桥上、绿波里和秃枝上
可它还是被捂成了泪
把绵绵的相思化成淅淅沥沥的冰雨
在比冰雪更深沉的寒冷里诉说着冬的凛冽

你邀我喝一场酒
我捧出绍兴的女儿红
它在棕黑色的泡坛里等候已久
茅台嘲笑着它的低度
那待字闺中的绍兴女儿
莺莺鸟语见人羞
她的酒量让你记住了宿醉的滋味

你邀我点一团火
可我春夏秋冬都飘着雨
湿润是我的华服
春雨一入二月天
我要唤醒惊蛰，让垂柳抽丝、樱桃吐红、小溪奔腾
夏雨惊雷忙着那郁郁葱葱
秋雨秋风照顾着菊桂的清甜
我的火偶尔在炎夏的热日中抬头
它的热烈让你汗流浃背，云蒸雾腾

我本江南
春花秋月稻花香
浓情蜜意更有谁

丨再下江南·乌篷船丨

那一艘吴越的乌篷船
从三月的和风细雨中缓缓摇来
碧波中的洋洋春情是船身
船里的莹莹目光是木桨
一桨，摇出岸边的杨柳依依
一桨，摇出青石板上灯火阑珊
一桨，摇出石拱桥上的回眸一笑
一桨，摇出浣衣娘脸上的皱纹
那千次的回眸
拾得一根皱纹
被春水淘洗成浣衣娘手中的花衣裳
幻成清晨烟雨里的一朵粉莲
被船公剥开了莲心，含在嘴里
在碧波中悠悠了四季

那一艘吴越的乌篷船
从腥风血雨的画卷中摇来

才子佳人，爱恨情仇填满了乌蓬船的缝隙
那历史的木桨顺着河水的波纹
一桨，化作兰亭的神来之书
一桨，化作民国最锋利的笔
一桨，刻出卧薪尝胆的越王
一桨，画出浣纱溪边最美的颜
吴越的春水里融着血泪，写着忍耐
游着豪气，飘着遗憾

那一艘吴越的乌篷船
从江海湖泊中摇来
淡泊是它的船身
七弦是它的桨
那清微淡远的琴音游于稻田小溪
一桨，奏出功成身退的智慧
一桨，咏出梅妻鹤子的淡然
一桨又一桨

划出七溪流水的祥和
划出江河湖海的博大

那斑驳的、吴越的乌篷船啊
你的沉重，你的轻盈
你的斑斓，你的恬淡
你的刚毅，你的婉约
沉在我心尖
今夜，我写不完

| 放羊娃 |

霓虹闪烁是否如满天繁星会眨眼睛
隆隆的火车是否也爱策马扬鞭的豪情
城市的高楼是否如草原上的海子般光亮晶莹
满街的汽车是否也如牛羊般挂着风铃
风起的时候
长长短短的汽笛声是否如青草般在篝火里摇影
城里的人是否也爱躺在草地上做梦
看着白云在天上接吻打架
从小熊变成小兔
高兴时对着蓝天放声歌吟
飞机是否也如雄鹰般插翅云间
在上下翻飞里感受穿梭的激情
城里的姑娘是否也如山花般烂漫
喜欢抚摸弹奏的马头琴
小伙子是否也有一颗驿动的心
想走出这片茫茫的草原
看一看宇宙星际下的另一片天青

故乡如痣

烛剪纱窗，思念如线
万水千山，故乡如痣
我和故乡在太平洋的沟壑里遥望

故乡的味是梦醒时的咸香
今生不愿刷去
故乡的床是泊在梦里的小船
随时准备起航

故乡啊
我悄把念塞入光的信封
轻轻飘到你的窗前
如一只白色的小猫
偷窥你的清晌

我悄把念裁成清风的书签
静静徘徊在你的书桌上

如一支水笔
借月色渗入你的字里行间

我悄把念寄予袅袅的青烟
缭绕在故乡门前的樱花树前
只想在你的相片里绽放

我悄把念藏在一束粉色的郁金香里
在你生日的时候静静开上几天

故乡的城墙上刻着我剜不去的胎记
故乡的诗词里有我朝思暮想的知己
故乡的课桌上刻着我初恋的誓言
故乡的小河里潺潺着我不变的血脉
有一天，我将背着故乡浪迹火星
用滚滚热泪和日思夜想
与故乡谈一场生死之恋

我背着江南飘洋过海

我背着江南飘洋过海
江南是一幅水乡的丝绣
江南是一把斑驳的古琴
江南是雨巷尽头那殷殷的目光
江南是清冷寒夜里温热的唇印

巨大的邮轮乘风破浪
我背着江南飘洋过海
江南的丝绣呢呢喃喃
婉约了湖水，桃红了小山坡

江南用古琴拨弄着存在和自由
晨钟暮鼓里
尼采和老庄琴瑟和鸣

江南的目光随着海水潮起潮落
有时蓝有时黑

水乡　罗尔纯

眸里有天也有地
眼里有东也有西

我庆幸着
江南的花开在了彼岸
金秋的江南将硕果累累

可昨天
江南为了麻婆豆腐哭了一天
夭折在寻找小笼包的路上

哦，我飘洋过海的江南
我又在哪里可以寻到你

| 开荒者 |

从遥远的太空凝望地球
蔚蓝的大气层自由散漫
听任阡陌与湖泊眉来眼去
听任冰川与溪流窃窃私语
听任海水在山川上咆哮
沙漠在湖底喘息

在喜马拉雅雪顶构建的南北极冰屋里
住着一群开荒者
开荒者的长城蜿蜒至金字塔
开荒者的甲壳虫在水泥森林里穿梭
开荒者架起的光链
绕着地球一圈又一圈
星星点点的情感频道
把哭哭笑笑的咏叹调播向宇宙

开荒者情绪激昂时雄心万里

多愁善感时犹疑不前

犹疑不前时超级敏感

开荒者是个健忘和固执的家伙

当失败成了家常便饭

夜里的他痛哭流涕

太阳升起时他继续前行

他执着于开垦那块荒地

开荒者是个莫名其妙的家伙

他虽然知道来处却不知去处

他的生命太短暂

他不知生命的意义在哪里

他想，有一日这块开垦的荒地

会记住他曾来过地球

你原来是疯狂的

你如一个纯静优雅的女子
不经意间撩动秀发
多情的眉眼散发着混合的花香
橙花、玫瑰、茉莉、雪松
弥漫在塞纳河的河道上
随着车水马龙从香榭丽舍大街
飘向每一条街前巷尾

珠玉美饰装点着你含欲的双唇
埃菲尔铁塔的皇冠压住你的秀发
罗浮宫的长袍拖曳在你的脚后
大大小小的博物馆像戒指般闪耀在你纤长的指间

他们赞叹你的优雅
膜拜着你的从容
却不知
你也曾疯狂

美人图　丁雄泉

如果他们直视你的瞳孔
他们会看到从容后的傲慢和执意
为了自由
你曾把不平等送上断头台
你向死而生
用血水斩断前世的孽缘
把阶层、屈辱和奴役
统统送进了垃圾场
在胜利的狂欢后
你决定做一个淑女

你也有淑女的屈辱
当美成了你的追求
你不愿再让炮火蹂躏你
你选择了与入侵者共舞
可是你的疯狂饶不过你的美丽
你最终选择了离开和反抗

你如一个纯静优雅的女子
缓缓而来，袅袅而去
可我知道你的疯狂
为此你高高地抬起了头

你是一座城的故事
你是一个美女的故事
当我静静地在你身躯上徜徉
我听到
一只高卢的雄鸡引吭高歌
我看到
塞纳河水下的暗流涌动
我感受到
一个淑女的撩拨

哦，巴黎
你原是疯狂的

第三辑 人间有爱

时间的芬芳

蓬莱高坡爬满了青藤
酒意在葡萄架下延伸
今世，我在你的故乡生根
粗老的青藤忘却了前生
我的果实
在尘封的木桶里酣沉
血色渐浓香染眉
春味多悠沉
要问缘分有多长
我用葡萄酒的甘甜
诉说着时间的芬芳

澜沧江边的老林里
千年古树根粗干健
那片片时间的叶
被悠长的情思挤压晒干
在茶马古道酿成等你的执念

Prochromatique 1133 Dario Perez Flores

请不要急着把我品尝
那绵长的等待
终将化作一捧香浓
完完全全地奉献
我将用茶汤的甘甜
诉说着时间的芬芳

时间啊，时间
虚度时
它的嘀嗒让你心慌
它的飞逝没有灵魂
自从有了你
我愿在时间里沉沦
在除却巫山不是云的白头里
与你静诉时间的芬芳

玉兔愿

玉兔耳长长
风吹草动，虎啸龙鸣
我要与你诉衷肠
玉兔蹦高高
风中驰骋雨中狂奔
我要与你走天涯
玉兔眼红红
一江春水向东流
我要与你染红春花和秋月
玉兔身白白
冰心一片，守株待兔
我要与你关山月里共情真
玉兔软绵绵
春风拂面几许痴
我要与你相依相偎把月赏
玉兔暖洋洋
被窝里把美梦做

我要与你星河月下不起身
玉兔嘴嘟嘟
美酒佳肴吃穿不愁
我要与你撑死不停嘴

我要撒娇，我要狂欢，我要任性，我要美丽，我要帅
我要嬉笑怒骂随我意，挥金如土诸侯妒
我要呼朋唤友千杯醉，友情小船紧紧护
我要蛀遍天下百姓文，语不惊人死不休
我要与千山共枕，收获大地
我要与丛林起舞，收获四季
我要与群星灿烂，收获宇宙，收获你

| 告别的珍珠 |

外婆喜欢斜在躺椅上
来回拨弄脖子上的珍珠项链
她说
每一颗珍珠都是一场告别
串起了她长长的人生

还记得
第一次去幼儿园完不成的告别
无奈的父母把泣不成声的孩子带回家
叮咛
傻孩子
告别还会再见
如同四季轮回
樱花告别三月
月季告别五月
菊花告别十月
白雪告别寒冬

来年的花一样红
雪一样深

慢慢地
我们学会了告别
上学时，挥手告别父母
上班前，丈夫告别妻子
重启时，浪子告别过去
远行时，游子告别爱人

我们在告别时说再见
再见时话告别
以为
再会就在明天
……
谁知
离别乘虚而入

人生何时成了
无法履约的再见
和回不去的从前
告别的珍珠
散落一地
化作离别的泪水

人生的四季
没有往复
让我们好好说再见
好好相逢

｜爱情不老｜

我以为
我们还有余生去看海
有余生去踏遍青山
看朝阳升起，夕阳黄昏
我以为
我们还有余生把酒当歌
举杯同饮，同宿共醉
却不知
一声枪响把这一切都结束在半空
烟飞灰灭

往事如汹涌的浪潮
每一分每一秒冲刷着我
无处遁形
湿透了
我的心，我的衫
和我的身

凝成泪向外喷涌

绞不干，挤不净

生活，何以前行

……

总以为我们会白头偕老

总以为我在疯，你在看

我的任性有人懂

我的娇羞有人爱

可是命运说够了够了

你们的甜蜜让人妒

……

它带走了你

……

我如浮萍少了水

我如天空少了太阳

月亮也躲了起来

只有点滴的回忆

穿过层层雾霭
如电影里的慢镜头
在半醉半醒间
反复播放

有一个念头愈见清晰
生死不能让我们分离
你不能
孤独地长眠在风中
任凄雨敲打，白雪覆盖
我会陪伴你
在剩下的余生
笑我吧
笑我脸上渐深的皱纹
笑我逐渐佝偻的身躯
笑说，照惠
你变老了

可你还是我那个
与众不同的照惠

从今往后
让清风传递呢喃
让暖阳照射凝视
让青石传递温情
直到我与你同眠
直至
君如明月我如星
夜夜流光相皎洁

| 生命的肖像·鸟 |

走进一只鸟的生命

走进一场别离

走进一只鸟的生命

走进一场相思

走进一只鸟的生命

走进一场痴情

走进一只鸟的生命

走进一场奋飞

一场孤独

每当秋风骤起

大雁低徊在掌心里

每一滴秋雨的凝视

每一片秋叶的飘舞

诉说着雁鸟的相思和留恋

絮絮的雁鸣

安慰着久久不落的秋阳

开启的孤独旅程里

生命的肖像　杨建勇

有你的影子我不寂寞

哪怕千山万水，羽翼稀疏

我也会飞回你的身边

鸳鸯戏水，尽情鱼欢

假如我泣血他乡，雪埋冻骨

请用春日的暖阳

埋藏我

我用我的思念

与你白首

| 女人 |

我想在花的世界邂逅女人
邂逅那犹抱琵琶半遮面的含苞
邂逅那银铃般的初放
邂逅那成熟的娇艳浴滴
邂逅那凋零时的万般无奈

我想在花的世界寻找女人
寻找风中的妩媚和雨中的坚强
寻找那愈开愈妍的春夏秋冬
寻找那永不凋零的温暖知性
寻找那母亲般的包容和柔软
寻找那千年的回眸和等待
寻找那愈演愈烈的深情和风姿

我爬上迎春花的细柳
它黄得热烈灿得奔放
我攀上樱花的树梢

如云的粉白让人欲罢不能
我勾上桃花的枝头
它的娇艳湿润了你的唇
我低吻牡丹的香甜
浓郁的花瓣层层叠叠包裹心房
我欣赏秋菊的绽放
清雅秀丽得让人肃然起敬
我手棒雪中的冬梅
那抹红艳恰如初见的你

一场春雨一场秋风
满树的盛开瞬息凋零
可风吹雨打的女人愈见绽放
一场烈日几日阴霾
再嫩的花瓣也枯萎了
可寒风烈日下的女人愈发挺拔
你看我那饱经风霜的老祖母

她笑得比桃花烂漫
她香得比玫瑰甘甜
你看我那含辛茹苦的邻家大姐
花枝招展地撑起一片蓝天
哺育了枝头兴高采烈的小鸟

女人似花亦非花
飘落水中自沉浮
飞在空中首昂扬
捧在手中亦娇妍
贴在心上暖如春
藏在屋里可慰怀
站在树旁可比肩

你说女人是什么
我也不知道

叶

今夜月朦胧
今夜鸟朦胧
想起了一片叶
一片绿油油的芭焦叶
想起了与那片叶不算多的往事
它曾为我遮过雨
它曾为我挡过阳
好像还一起笑过
不知何时
两片叶各自在尘世飘浮
忘了前世的那点闹

这叶飘啊飘
飘过山岗，飘过大海
飘过城镇，飘过小溪
在荷塘安了个家
只是在这朦胧的荷塘月色里

依稀想起那片芭焦叶

不知它飘零在何方

｜拉手｜

可否拉着我的手走一走长安街
从东单走到西单
从天安门走到太庙
一起摸一摸古老的城墙
分享一串冰糖葫芦

可否拉着我的手逛一逛西湖
从苏堤春晓到平湖秋月
从柳浪闻莺到曲院风荷
在灵隐寺里燃一柱香
在满觉陇上听一听桂花的呢喃

可否拉着我的手游一游哈尔滨
在火树银花的冰灯里迷失
在松花江畔倾听江水的喘息

可否拉着我的手去四月的扬州

让桃红柳绿染上眉梢
让心在盈盈碧波中荡漾
起个大早游趣园
让美味填满一天的期待

可否拉着我的手去敦煌
在石窟里寻找我们的前世
在大漠风尘里膜拜苍天的深情

可否给我一个长长的拥抱
然后静静地看你十秒
挽起你的手找一个小茶馆
沏一壶清茶
在热茶入肠时体会你的暖
挽起你的手去一家沿街的小酒馆
斟两壶清酒，干上三杯
让酒打开我们的心扉

聊一聊古今，谈一些往事
笑一段风尘佳话

可否让我挽着你的手在岸边轻踏细语
在半熏的月光里依着你的肩
看满天繁星，晨光微曦
在阳光挂满枝头时
我会心满意足地继续我的旅程

| 小黑和小白 |

如果你有幸在城南的瓦砾上见到一对黑白小鼠
请不要嫌弃他们又脏又丑
它们是这座城的勇士
小白曾是城中最美的小鼠
她的毛如雪一样白
有着吃不完的奶酪
住着城中最大的笼
黄金做的大锁
为她挡风遮雨
她是城里最幸运的小鼠

月黑风高的一晚
瘦骨嶙峋的小黑钻进了房子
望着笼里的奶酪垂涎欲滴
他开始唱歌
从华灯初放唱到月上柳梢
从月上柳梢唱到晨光微曦
小黑成了小白的夜明珠

无法穿越那把可恶的锁
小白的呜咽令清风颤抖
小黑的低吼让群山煎熬
她不要虚幻的美丽
和真实的破碎
小白勇敢地跳进了一锅热汤
带着一身焦枯的皮毛
她在荒野中获得了新生

如果你见到他们在黑夜自由地穿梭
如果你见到他们在阴暗中寻食
如果你见到他们一前一后的身影
请不要怀疑他们的快乐
请由衷地祝福他们吧

世上哪有无缘无故的童话
幸福都是对镣铐的打破

| 折翼 |

我们是空中的精灵
为爱折翼人间
一生寻寻觅觅
寻找爱的羽毛

一根一根织补回我们的翅膀
等待幻羽成翼飞回宇宙深处
假如羽翼不丰
轮回的路上身影匆匆

我们是空中的精灵，为爱折翼人间
地球是我们的道场
寻花问柳，晨露风沙
山海湖泊，烟火人间

偷得浮生半日
装点爱的羽翼
喂养轮回的灵魂

｜新年的雨珠｜

如果人生是一场雨
新年是上天馈赠的雨珠
开启生命的春夏秋冬

年轮流转滴雨成河
没有一颗雨珠是相同的
你也从未踏进过同一条河流

那雨珠，扣开年的大门
晶莹剔透好似水晶球
折射着希望
隐藏着来年的顺遂曲折
又如赌桌上的筛子
在四季的转盘上沉淀着惊喜和失望

那雨珠，扣开年的大门
扣一颗串一颗
串成回忆的项链

新山水　薛松

有多少足下的奔跑
因为雨珠的祈愿

雨下得很大
属于你的雨珠不过几十一百
雨下得很大
万事万物的期许众念如磐
汇成愿的力量
推着年向前跑

空间和时间交错飘移
你的雨珠，我的雨珠
汇着众人的雨珠
年复一年
滂沱着，淅沥着
前仆后继
敲响了新年的钟声

父亲的天空

我在浪漫的雨季邂逅了我的父亲
那欣喜若狂的注视
吓出了我人生第一声震耳欲聋的啼鸣
从此父亲的注视是天空
父亲的掌心是大地

我这颗荒野的顽石
吸取着您的雨露和肥沃
斑斓成一棵亭亭玉立的小树

我在离家远行的秋天邂逅了我的父亲
如火的红枫遮不住您眼中的期许
清冷的黄菊不如您的背影孤单
千言万语在您的天空凝成两个字
飞吧
您的头却一直埋在书里

在奶奶去世的那个晚上
我在最嚎啕的痛哭里邂逅了我的父亲
在无数次似是而非的争论里
我在最深的共鸣中邂逅了我的父亲

在无法调解的矛盾里
我在最久的沉默里邂逅了我的父亲

在生活困顿迷茫时
我在最无畏的睿智里邂逅了我的父亲
在坚持己见时
我在最不可思议的顽固里邂逅了我的父亲

如今，父亲的谦卑和欣慰让我心痛
一声问候让他兴奋不已
一个看望在他的眼角停留三月

无题　王衍成

我的老父亲

您激情还在，雨露仍丰

虽然宽广的土地上筋脉有些干涸

虽然天空不时风雨飘摇

那棵树想为您撑个天打个伞

那棵树只想在这个天地里待着

绝唱（写给 Wayne）

犹记得粉色的晚樱
一团一团地挂在枝头
春夜的暖风在笑语里轻抚
暖色的琼浆在碰撞中摇晃
灯影把笑声拉得很长很长
你是那把温暖的声
犹记得
蟋蟀在田间鸣叫
夏夜的凉爽被你的热情搅拌
那一曲西班牙的吉它小夜曲
热情奔放宛转悠扬
点燃了你生日的蜡烛
你和威姐的舞姿醉了香槟
她在你的怀里花枝乱颤

可这竟是你盛年的绝唱
你像一道光被黑暗回收

你的微信再也不会更新

我们再也无缘相聚

今夜，请入我梦

| 有一种植物叫怀抱 |

树木撑起了天空
落叶覆盖着大地
雨帘遮挡太阳
草木的清新和腐烂混合着清香
热带雨林大树的缝隙里
一种状如贝壳叫怀抱的植物
在母亲的沃土上繁衍
那大大的土色花瓣
厚实温暖如一张席梦思
那红红绿绿的蕊灯
明亮轻快如晚风的轻吟

怀抱是成长的温床
严冬酷暑里蕴育春天
怀抱是生命的守护神
拯救弱小于虎口崖边
星光下的怀抱是首摇蓝曲

大海里的怀抱是艘小船
雨落时节怀抱是把伞
雪飘时怀抱是暖身的棉衣
嗷嗷待哺的小鸟依赖它
蹒跚学步的小象牵着它
水坑的小蜗牛骑着它
雨中的小猩猩躲在里面取暖
它扑向了追赶小牛的狮子
把自己送上虎口好让小鹿逃走

怀抱怕冷也怕黑
怀抱也会流血也会痛
怀抱也怕被狮子拍得粉身碎骨
为了花蕾中的那点骨血
它愿化成泥，它愿化作光
它无愿亦无悔
好像此生它就是来献身的

即使有一天小鸟已经欢快地翱翔于蓝天
它还是那根牵着风筝的手
随时等待把风吹落的小鸟拥入怀中

哦，怀抱啊怀抱
有一种植物叫怀抱
它是森林里最强韧的花
它的树梢勾着明月
我抱着枕头和它入眠

留守的小雁

夜晚的月亮照着稻田
寂寞的村庄荡漾着几声狗吠
大雁飞去了南方
被遗留在黑暗巢穴里的小雁
艰难地随着鸡群觅食

孤独的小雁，越长越不像鸡
孤独的小雁
它想去南方钢筋水泥的丛林里寻找爸爸
它想去南方城市高楼的过道里拥抱妈妈

迷离的眼睛望不尽茫茫的稻田
弱小的翅膀越不过连绵的山丘
独自对着光秃秃的树梢发呆
无法参透遥远的南方
无法明白弃它而去的爸爸妈妈
鸡妈妈说南方可以觅食

它已经是一只与众不同的孤雁
白天懂事地照顾着鸡群
深夜压着湿透的枕头入眠
会被一只陌生燕子的啼鸣感动得落泪
常在梦中把温暖的感觉想象千百遍

它是一只被遗留在黑屋的小雁
阳光洒不进它的心房
它生来就忍受着分离的苦
它被告知它是这个时代的产物
它不明白

第四辑 重生

｜寻你｜

今夜之前
我不知道我在寻你
我不知道大海可以湛蓝在海平面之上
我不知道满天繁星原来如此地密密麻麻
直到看到茫茫的雪山
我才知道我在寻你

冰封的神圣洞悉着世间的苦难
你的呼唤柔软了雪水
滋润了心田
直到看到五彩的经幡在荒原飘扬
我才知道我在寻你

蓝白红黄绿的祈愿迎着阳光
毫不遮拦地袒露着衷情
我把长发留了又留
等待着你把五彩织进我的发尾

记忆　严培明

直到轻摇那只转经筒
我才知道我在寻你

我原是你手中的那只转经筒
风里雨里的默诵
只为轮回在你的身边
直到跋涉了千重山万重水
我才知道我在寻你

我原是草湖上的那匹马
冬天躺在你身上晒着太阳
夏天与你共饮映着白云的湖水
山川大地化作了你的青绿
直到聆听了尘封的历史
我才知道我在寻你

我们原是西嫁的公主东渡的王

你是我身边那张陌生而熟悉的脸

山长水阔里长满了智慧的草

你的爱穿越了时光

化作了永久的等待

我在生命里走了一程又一程

直到遇见

才知道原来我一直在寻你

嘈杂

世界太嘈杂
偶尔荡漾了几声心跳
也被车水马龙淹没
渐渐地
忘了自己心跳的声音
聋子般地在人间起舞

世界太嘈杂
摸不到你的心跳
偶尔传来几声鸟鸣
也被汽笛声掩盖

慢慢地
一个个孤独的猎人
瞎子般地到处乱撞
带着分外敏感的耳朵
坚难地辨别着真伪

我愿做一朵花

盛开在蜜蜂的嗡嗡里

我愿做一棵树

枯荣在四季的召唤里

倾听风吹雨落吧

那里有你我的真语

童话

你是我雪地里的梦中情人
自从你把悲欢播种
她每天为你开一朵雪莲
你说冬天才是人生的童年
红白玫瑰在春天爬上枝头
经历了白马王子的炎夏
睡美人在秋天醒来
生死契阔，与子成说
你摆下不散的筵席
让幸福直到永远

你是我桃花源里的情人
城堡，美貌，华服，琼浆
翩跹的不期而访
雷动着春花秋月
水晶鞋找到它的主人
从此采菊东篱下

悠然见南山
你是我伤心欲绝处的情人
美人鱼的裂变和无望
卖火柴小女孩的火光
都败给了寒冷的现实

你说
只要曾经拥有
又岂在朝朝暮暮
你把我拥入怀中
吹着口香糖的泡泡
如水的双眸
泛着怜惜的波光
你用长长的衣袖
挡住了风，遮住了雨

你的情话如一颗带糖的青橄榄

初嚼是甜，再嚼有酸

中间是那颗无法下咽的

人生硬核

你在硬核上编织着童话

我甘之如饴

｜懂｜

当小草听到了风的呜咽
它便开始战栗
当小溪知道了鱼的饥饿
它便开始翻腾
当青山听到了春的呼唤
它便开始绿
当钢铁遇到了烈火
它便开始融化
当小狗遇到了主人
它便开始乖
当我读明白了你的诗
我的心便开始注水
寂寞
便如那一汪没有出口的碧泉

重生

梧桐树下的街坊
叹息着时间的流淌
来不及
轻踏落樱的芬芳
深吸柚橘花的清香
绿叶已悄然将它们埋葬
人间六月芳菲藏

日光灯下的日子
犹如光阴里的钟摆
嘀嗒着相同的秒分
重复着无聊的剧本

我要埋葬它
就像绿叶埋葬残红
在一个说走就走的夏日
去追寻那颗拖着尾巴坠入了我酒杯的流星

和月光下倚着避风湾沉眠的小船

在清晨鼓起风帆的那一瞬

治愈，重生

再读双城记

今夜又读双城记
欲罢不能自嗟叹
D 翁开卷即磅礴
智慧愚蠢大时代
见仁见智多分歧
最最最最最多事

自古两城遥相望
一朝醒来天地翻
一城岁月仍静好
一城暴风从地卷
狂风骤雨无颜色
百态人生尽飘摇

高高在上君与臣
一日尽成阶下犯
曾经佃户任人欺

举刀数刃天下权
塞纳河中水成血
洗涤世代仇与暗
血水当杯作酒饮
满城亢奋天地颤

时代车轮滚滚至
万物众生无不碾
树欲静而风不止
可怜个人难自辩

D 翁一笔向从戎
犀利笔锋点局限
身份世袭容易破
血海情仇绵延长
法律总被时代弄
舔血难分清与浊

D 翁二笔剖人性
善恶无关富与贫
露西有幸遇真爱
百转千回幸有亲
真情真爱非狭隘
宽容良知终安宁

D 翁三笔话理想
常叫人心起沸腾
自由与爱何其珍
头颅点地只为它
万卷经典读不厌
闪闪智慧长明灯

| 静夜思音 |

窗外霓虹闪烁
踏着闹钟的嘀嗒声
来回涂染着桌上的纸
夜把安静交给了我
我对着你的诗句出神
爬行在你的字里行间
起伏于你的低吟浅唱
周而复始
心中有一根弦被轻轻地撩拨
咿咿呀呀地奏起了小夜曲
有点紧张，有点兴奋

夜的空气随着我的心潮
和你的音波流动
我听到城市午夜车水马龙
川流不息的咏叹
我听到遥远沙漠驼铃的叮叮

苍凉而孤单
由远至近，由近至远
我听到远处传来铁骑的铮铮
和紧密的战鼓的咚咚
响彻天际又归于寂静

我听到故乡小河流水的潺潺
枝头小鸟枕边轻语的唧唧
皎洁月光聆听荷塘青蛙的呱呱
我听到淅淅的夜雨拍打着思绪的喘息声
钢笔在纸上极速移动的沙沙
我听到白雪轻轻地飘落在
晨夕前最后一抹黑暗里的无言

低沉着，温柔着，激昂着，破碎着
让轻盈载着厚重
让明亮撕开暗哑

用婉转调和慷慨

将欢愉、悲伤、遗憾和平静揉碎

发酵着桌上的那杯红酒

不醉不归

唯愿此生得和平

昨夜
做了两个梦

前半夜
日出映照着新英格兰
软沙晶莹着贝壳
金光浸染的海水
轻轻拍打着岩石
和两只晒太阳的海鸥
小路在林中蜿蜒
湖泊像星子般散落
林深处
母亲倚着那浅白色的门檐
聆听孩子嬉戏的笑声
微风舞动
吹起美丽的衣裙和披散的长发

下半夜

黑云笼罩着乌克兰

寒风在发黑的雪地上呼啸

一位老妇人

独自在冰天血地中划着十字

无力挽回在战壕中死去的孩子

和被炮火摧毁的家园

心力交瘁地嚎啕

为什么不下一场雨

浇熄那燃烧的战火

为什么不刮一阵风

吹走那滚滚的硝烟

为什么不大吼一声

唤醒战壕中的孩子

为什么战争不是梦魇

现实不见平静的家园

浮生若梦不是梦
唯愿此生得和平

| 撕裂 |

岁月静好是一块帘幕
千疮百孔的过往在幕后呻吟
犹如皮囊下翻腾的化工厂
犹如地球核内咆哮的热岩
滚烫的鲜血和灸热的岩浆
在撕裂中汩汩渗出
染红了大地五洲

走过多少漫漫长夜
有过多少是非颠倒
经过多少生灵涂炭
一次次的撕裂
一次次旧伤未愈新伤又发
千针万线缝缝补补
我们在死亡后复活
却又陷入万劫不复的轮回

可我们还是将希望种上帘幕

并用诗情灌溉

竟也长成一片郁郁葱葱

虚无

如果人生是一场虚无
为何妹妹的笑
牵动我的轻狂
为何妹妹的泪
分明让我痛彻心扉

如果人生不是一场虚无
为何妹妹你
如此寂静
竹声依旧书墨在
我却找不到你低泣的踪影

如果人生是一场虚无
为何七情六欲那么真实
生老病死那么切肤
春花日暖，秋夜月冷，
妹妹的葬花已化泥成树
夏日炎炎，冬雪红梅

妹妹的手炉静坐床头

我的心依旧一触即痛

如果人生不是一场虚无

为何昨日仿佛梦中

不留一点胭脂

似乎繁华从未来过

销魂也是烟云

风中有语

你是顽石她是草

留下清风明月中的笑与疼

留下赤日白昼里的奋斗和挣扎

留下爱恨情仇无处解

那不是虚无

是无处安放

茉莉之殇

永远记得你出生那年的
芬芳馥郁
白色的小骨朵开满枝头
如你嘟嘟的嘴
吹弹欲破的脸
和甜甜的奶香
你，激动了一颗浪子的心
点亮了一个男孩的喜悦
唤醒了一个男人最深沉的怜惜
从此茉莉成了父亲之花

在彼此温暖的岁月里
他抱你，闻你，看你，舔你，听你，抚你
含在口中，握在掌中
他在雨中等呵
他在雪里盼啊
你是他今生的茉莉

又如他前世的桃花
风中有你银铃般的咯咯

一场网络暴力
茉莉无言地
早早地凋谢了
那个男孩也枯萎了
他的自责伴随着
余生的每一天
或多或少

孩子，如果有难
请伸出你的手

｜问｜

一张口开启一扇门
一扇门守住一张口
少年时的我们
敢问苍穹，敢叩大地
为什么地球是圆的
为什么星星会眨眼
为什么天空是蓝的
为什么月亮有圆缺
我们的问如疾风奔驰在旷野中
如晚笛声声飘荡在苍亭古道上

可我们愈见沉重的心门啊
雾蔼沉沉中却再也推不动了
挣扎，愤怒，质疑
小草也屏住了呼吸
捶胸顿足问苍生
为什么天有阴晴

为什么人有悲欢离合
为什么万事古难全
为什么偏偏不是我
月黑风高伴无眠
无语的暗夜里
我们无月无星地熬着

看！一丝晨光
追寻在云雾缥缈的深山里
清泉哗哗自流淌，
莺燕叽叽低婉转
苍劲松柏的枝叶里
有我似曾相识的老僧
老僧双手合十低眉念
问天问地不如问心
心如明镜你自菩提
无染无尘你得安宁

事间万事皆为因果

何不把门向里开

在那幽深不见底的内心

住着你的前程和未来

莫问，莫问

人生终究是悲欣交集

| 当下的心 |

随手贴上我的心
贴上我的喜爱，我的懂
让我的心在那一秒与你无限靠近

有些秘密，有些心事
如草疯长
而我的除草机昨天就坏了
于是我把草编成了辫子
剪成了颗颗小心
吐在每一个似曾相识的重逢

有些想念
如秋的落叶
努力地想停在枝头
可它还是飘落在脚边
拾掇起它
感受它的晶莹和柔软

在再也无法积压的心房里
裁成颗颗小心
送给另一个思念

看一看心的轨迹
仿佛看到你前世今生的地图
那些走过的路
那些未淌的河
那些还要去的前方
那些欢愉、遗憾、欲念和期待
还有些未了的不甘
犹如渐行渐远的初见
犹如相见恨晚的素未谋面
在不动声色间贴满了画屏

感受这颗当下的心吧
然后欣然迈向下一个当下

昨天已经远去

明天还未来临

| 石言石语 |

石头
你是地球沸腾的骨血
情深不渝的结晶
坚硬的万劫不摧
柔软的水滴石穿
连绵的喜马拉雅是你的脊梁
无边的大漠金沙是你的舍利子

你并非一块完美的石
雷电想击穿你
狂风要腐蚀你
你借岁月的刀把它雕琢成一块太湖石
玲珑剔透得像透明的斑马鱼

你并非一块温室里的石
没有天赐的锦衣玉食
你借大地的雨露把它喂养得眉清目秀

你借风雨的衣衫把它晕染得雄浑俏丽
用一颗慷慨的心坚定地馈赠

当它在舞榭歌台、高阁庭院被把玩、赞叹时
千万不要把玲珑当成软弱
精致当成市侩

它是一块来自雪山的石
坚韧是它的本性
它是一块来自山野的石
自由是它的灵魂

粉身碎骨成大漠的沙
它也要揭露虚伪和假相

| 诗 |

一首小小的诗
吐纳着心的芬芳
是田间挥锄后的你浓我浓
是在水一方的殷殷遥望
是回眸时的深情定格
是不吐不快的春蚕吐诗
是踌躇枝头的欲言又止
是恰好点中了我心怀的
那颗朱砂痣

翻出了心中的那个念
在絮絮叨叨的自言自语中
莫名地感动
它是你的心在低语在渴求
而你的渴求
在我吟诵时
刚好也是我的

我亲爱的游吟诗人啊
你可以选择回归
也可以选择流浪
你可以摇头晃脑品文言
也可以大白天里大白话
你牵手我梦回大唐
我拉着你畅谈五四
你骑着平平仄仄的马穿越古今
我随心所欲地用抒意纵横天下
你可以用九百九十九天描出一朵牡丹
我信手涂鸦着未来和抽象
孜孜不倦地绘着那只雪地里的小白兔

这用心凝练的千言万语
千百年来飘荡在熠熠闪耀的星空下
充盈了那蔚蓝色的大气层

化一轮明月到窗前
凝一地白霜在心间
在那个飘雨的季节
滴几滴在眼眸，嘴角
便在唇齿间化作了清晨花瓣上的朝露
滋润了风干的人生

诗还是那首诗
你我却早已泪流满面

雪字

我在多年前的飘飞大雪中
捧起了一片雪花
雪花中藏着一个小小的字
那一夜
漫天的雪字浸润了我的眉眼
从此心中有了不化的雪山

那带雪的字
成了捂在我心头的朱砂痣
每一块小方片在心中垒成城堡
在脑中列成长长的音符
我把朱砂痣刻在悲喜中
印成岁月的经文日日诵读

那带雪的字
它是街角的臭豆干
曾经被嫌弃又臭又难啃

自从咀嚼了它的香甜
它便永远是你
弥漫在街头的垂涎欲滴
只想把它尝了又尝
它是爱人手中不断的线
想你时
弯成一个个方块
送你一程又一程

它可以陌生又无辜
也可以热情又暖心
它横眉冷对千夫指
它低眉迎送春夏秋冬
你关心它
它是滚烫的一行
你遗忘它
它冷若冰霜

你出战时
它是你手中的剑
你陶醉时
它是你口中的蜜

那带雪的字啊
它哪知它的力量
陪着你穿越生死
陪着你翻山越岭
那带雪的字啊
它哪知它的不屈
即使被埋藏
也在掩埋的黄土中倔强出嫩芽
长成郁郁葱葱的长白山林
把芳华抖落给尘世每一颗饥渴的心

那带雪的字啊

它本无心

是你的魂

给了它轻歌曼舞的吟唱

蒲公英的号角

我是一朵蒲公英
等待着风的抚摸
等待着八千里路云和月
根植在思念的沃土
化成一支小小的号角
吹响生命的歌

这只号角吹啊吹
吹出破茧而出的痛快
吹出人生的第一个蹒跚
毫不害羞地吹出了一个啊
从此便一发不可收拾

这只号角吹啊吹
它是泥泞时的咚咚战鼓
它是阳光明媚里的小调
它是得意洋洋时的口哨

它是你每一个奇思妙想的拉拉队
夜里的它如交响乐
陪你淌过千百条可能的河
白天它是进行曲
让你在同一条路上坚定地走

你可曾驻足聆听它
它的婉转、悠扬和高亢
它是母亲的礼物
如果它尘封在你的心房
请擦试它，吹响它
吹着它与大海共潮汐
与青山卧蓝天

小小的号角啊
忘了蒲公英的前身
它只管在你的心底吹啊吹

蓝佛观自在

闭上我的眼
有些思绪
如尘埃折射在阳光中
有些往事
闪着幻灯片的咔嚓声

我恣意地下沉
特别是那些爱的片断
还有些要命的沉沦

蓝佛说
不要停驻
穿过它
可我
怎能穿过那些恋恋不舍

闭上我的眼睛

观音　严培明

有些波涛

汹涌地浮现眼前

我努力地

想回去宁静深邃的星空

星空下

风急浪高

我怎么也游不出它的边际

我有些害怕

蓝佛说

面对它

可我

怎能面对那重重痴障

闭上我的眼

有些白雾在缭绕

村庄如此地安静

只有蓝佛的影在眼前

我心中窃喜

莫非

今天可以风平浪静

蓝佛说

放下它

风平浪静也是不住

闭上我的眼

那一片晶亮的蓝在眼前

它不停驻

我只随它去

它已静坐了亿万年

母亲

如果我有一支笔
我只想描绘我的母亲
如果我有一首诗
我只想歌颂我的母亲
我想绘下母亲劳作的身影

我想绘下母亲的笑，母亲的泪
可母亲在画里却端坐床头
慈详和蔼得凄楚动人
我想写下母亲的欢喜
母亲的悲伤
可母亲在诗里只有关切和叮咛
我把母亲的三千银发画得根根分明

可我梦中的小手缠绕着母亲的青丝
我在画上数着母亲的皱纹
每一条皱纹都化作生日的蜡烛

母亲低下那丰满的脸颊
与我一起许下成长的愿

我想画出母亲的声音
耳里却只有她呼唤我回家吃饭的高昂
我想画出母亲的味道
满嘴都是母亲饭菜的咸香
我想画上母亲那双风霜的眼
我眼里竟都是她的泪
艰辛、黑暗、慰藉和骄傲

儿行千里母担忧
我便把她的牵挂画满画布
背着她走过万水千山
如今
我把母亲的画像放在卢浮宫里祭典
可是她还是穿越了家乡的雨棚
在门口守候放学回家的我

母亲　严培明

盼

整整一年电闪雷鸣
止不住的风止不住的呜咽
树儿被水窒息而干枯
虫儿被震得双耳失聪

我的爱人
在窗前枯守了四季的淅沥
泛滥的河床
再也守不住鱼虾的深情
眼睁睁
流水洗走朵朵雨中的落花
人们似乎忘了阳光的样子

我坚守着一缕执念
耐心而不确定地
等待着风平浪静的回归

想念晨光中晶莹的露珠
牢牢吻上我微干的唇
想念午后的那一丝暖阳
紧紧护着我纤瘦的肩
想念夜空中的繁星
深情凝望我那双冰凉微白的脚
想念那万籁俱寂的夜
你在我耳边开启的低吟
想念远方的你
浪迹天涯的电波感应

想念那些想念
哦，那往日的稀松平常
成了雷电中的遥不可及
那些可笑的幼稚
湿冷中分外的温暖

L'Immensité 2003　王衍成

亲爱的

让我

枕着你的双膝

盼着雨停

盼着阳光

盼着平静海面上的一叶小舟

轻载悠梦度余生

我的长发里滑落你的笑语

傻瓜

这也是天下众生的盼

什么

你关心什么
石油、蔬菜抑或粮食
你看重什么
股票、工资抑或一官半职
你仰视什么
权力、金钱抑或各种偶像
你揣摩什么
宗教、哲学抑或是人心
你向往什么
旅行、远方抑或诗歌
你需要什么
自由、爱抑或怜悯
你俱怕什么
死亡、疾病抑或流言蜚语
你最讨厌什么
被叛、欺骗抑或战争
你最珍贵的又是什么

家人、健康抑或回忆

讴歌也好

批判也好

什么从来都不是历史

历史却是由什么写就

诗歌与新闻

在我的梦里
你站得很远很远
只见美丽清瘦的轮廓
在现实中
你是如此靠近
你的脉搏砰砰作响
在我的梦里
你比春天还遥远
桃花只在深谷悄悄地绽放
在现实中
你是如此切肤
寒冷彻骨的西北风昨天才刮花了脸

你是踌躇枝头的冠状恶花
你是渐行渐远的西班牙瘴气
你的煎熬只有病人才懂
你的浴火重生比春风拂面还令人振奋

你如战场的烽烟般暗无天日
你如大唐的窗前明月般皎洁宁静

在一块块屏幕前
我们经历着当下，被事实轰炸得遍体鳞伤
在一朵朵云端
我们感受着遥远的呐喊和遐想
让心灵飘浮在过去和未来

诗歌和新闻，这一对难兄难弟啊
一个刚刚出炉
一个千锤百炼
一个如婴儿的啼哭般真实
一个如山歌般醉人缥缈
什么时候
婴儿长成了歌者
歌者又回归了婴儿

我们

在诗歌和新闻的双重折磨下痛不欲生

成疯成魔而又飘飘欲仙

新闻常常比诗歌更有想象力

诗歌却比新闻更真实

就让我们

痛饮这魔幻的今日之酿

百年之酒吧

不醉不归

四维空间

我的四维空间是诗的海洋
声波的海浪冲刷着诗篇的鹅卵石
诗心的斜阳笼罩着一沙一世界
沙滩上散落着心绪的贝壳
有点裸露不过无伤大雅

那些遥远的痛已结成诗行
焕成一道光游入深宇
孤独的诗心隐藏在一颗沙里
舒适地晒着太阳
烦恼也被文字一一收编

那些三维空间的碎片
隐隐约约穿行在诗里行间
或零落在海底失去了声音

哦，那无处不在的翩跹

你的诗行有点刺眼
你的声音有点弹性
你的身影有点真切
那就做个精灵吧
调皮点也没关系

在四维空间里
我的灵魂与诗同行
我在海滩晒着太阳
我的精灵调皮无比

| 树与海市蜃楼 |

胶东有仙岛
取名蓬莱
帝王仰慕，将相俯首
远眺蓬莱阁
立于悬崖峭壁之巅
烟雾缥缈，海天一色
海面上隐有城廓悬浮
错落有致，人声鼎沸，
影影绰绰

一株千年老槐
树身粗圆，外皮斑驳
铁干虬枝，直插云霄
他俯看人间，不言不语
婆娑的树叶在摇晃中叹息

一代天骄汉武帝

西平匈奴威震东西
贞观盛世唐太宗
百夙来朝天下同归
上天落地唯岁月难求
遂向蓬莱问永生

蓬莱啊，蓬莱
你是人间欲望、永生和死亡的海市蜃楼
欲望在虚无缥缈的永生中膨胀
幸有死亡填平这欲的沟壑

叱咤风云，平平淡淡
纵横不过几十载
爱恋不过一瞬间
那无欲无求的老槐树，花开花落
看人间烟雨千载过
辉煌如海市蜃楼

虚无如崖间清风

也许，给你千年
你也会活成一棵树

｜男人和女人｜

男人和女人
一条芦苇上两蚂蚱
急风来时，
紧紧抱住同一片苇叶
男人和女人
一条船上两同渡
暴雨来时
牢牢握着同一条船桨
男人和女人
一块铜板两个面
装模作样各不相同
男人和女人
前世被撕裂的那片树叶
今生与另一片撕裂相合
缝缝补补一世又一世
一条茎脉诉说着一世的缘
凑合着不完美的斑斓

充血的经络
在阳光下闪闪发光
男人和女人
南半球和北半球
同享着一片天空
高山湖泊拼图迥异
在海上组了个家了
绕着太阳转了一圈又一圈
你看月起我看星落
男人和女人
激情前的欲望，激情后的缠绵
牵挂后的自由，自由后的牵挂
男人和女人
本非同根生，却在一藤盘
绕进了血肉，忘了彼此
男人和女人
没有了草履虫的完整

带着残缺，惺惺相惜

日思夜想，老死不相往来

男人和女人

战争与和平

冲锋枪与布娃娃

男人和女人

弥了骨血，混了基因

| 文字里的信仰 |

如果放逐是你的命运
就让红海劈开双腿
如果苦难和流离是你的救赎
就让祷告浪迹天涯
即使宇宙茫茫无日
光明被囚禁在山洞
即使你身如流星的残骸
一点一点被大气层消磨

你在世人勉强的容忍和凶残的敌意间
寻找立锥之地
斗转星移，繁星万点
你的灵魂在神圣的文字里寻找光
在蔚蓝中得到了启迪

好像看到了行走天际的各种神怪
看到了光明与黑暗之子的恶斗

看到了创世和毁灭
看到宇宙巨变，沧海桑田

你在和耶和华零距离的对话中
找到了苦恋了千年的应许之地
如清晨的甘露膜拜玫瑰的香甜
如深夜的情人仰慕月光的温柔

你不灭的心灯在文字的信念中
高高挂起

士魂

滚滚黄河有一群士
他们在河岸栽上诗歌的柳
他们在河里喂养文章的鱼
他们在河堤铺满思想的径
他们在河中摇着历史的舟
从江湖摇到了朝堂
从朝堂归隐了扁舟

寒窗苦读，断饥化粥
他们前仆后继在这条小径
他们是筑堤建坝的衔泥飞燕
他们是东篱墙下的清疏黄菊
他们是饭桌上的那块红烧肉
他们是金戈铁马挑灯回看的哨营

宁鸣而死，不默而生的
先天下而忧，后天下而乐的

年轻的佛洛依德　严培明

还有那只试图变法的鹰
都终老在回乡的途中
夕阳残照，每恨今生志未酬
遗憾流淌在岁月的局限里
被时光冲成鹅卵石的轻愁

悄悄拾起一颗鹅卵石
浓情淡墨的烟雨人生
也无风雨也无晴
蓦然回首处
那群浪漫的理想主义者
早已把诗歌涂满了纱窗
把诗魂编进了岁月的褶皱

那涛涛黄河中清亮的士魂啊
力挽狂澜
伴着泥沙一路悠悠

| 自由与飞翔 |

你以为你是丛林的鸟儿
可以自由地翱翔于茫茫林海之上
其实你在牢笼
地球的引力是你的牢笼
我的心亦是你的牢笼

你以为你是丛林的鸟儿
可以无所顾忌地叽叽喳喳
其实大地上满是耳朵
下着聆听的雨
刮着聆听的风
我的耳也在搜寻着你的每一句片言只语

为什么自由总是在飞翔
为什么我们总是向往飞翔
可是我们没有翅膀
行走在人来人往的高楼间

只能在交通规则里车水马龙
可是我们无法飞翔
借着候鸟的躯壳
从一个目的地扑棱到另一个目的地
我们在牢笼里加速奔跑
做着超光速的白日梦

上天可怜我们的渺小
给了我们非凡的做梦能力
和一双坚实灵巧的手
上天可怜我们的局促
给了我们强大的繁殖能力和
一颗无法繁殖的心
让它在宇宙里自由自在
飘飘荡荡

夜风袭来，银河璀璨

你的心已结成星，结成网

飞向我的遥望

劳动

人们总是把艰难归罪于你
不知你是苦难的拯救者
人们总是把辛苦强加于你
不知汗水是你欢快时抖落的琼浆
人们总是把磨损归咎于你
不知空置的房子倾倒得更快

你是万物运行的骄子
万物因你达到心之所向
你不仅仅是风之手
随意播种希望
你不仅仅是光之眼
刚好照耀在那片郁郁葱葱

你完整而有计划
你持之以恒且坚持不懈
你是羌笛对杨柳的吹奏

悦耳的曲子有线有谱
你是舟行流水的摇桨
一划一桨决不随波逐流
你让稻谷的在梯田上养育未来
你让遍野的鲜花组建园林

养家糊口是件褴褛的外衣
你健壮的体魄怎能在阳光下无所事事
你嘹亮的嗓音怎能在鸟语花香中失声
你要让肌肉和声音展现它的力量
让光明照耀黑夜
让两条腿变成四个轮子
让一对翅膀登上月球
让科学佐证哲学
让绘画和诗歌成为新的植物

你是梦的践行者

你从来不是眼前的苟且

你是通向远方的火车

你是隆隆火车里那台永不停止的蒸汽机

你不愿在岁月里消耗

你要让木材点燃你的律动

在蒸汽的轰鸣中燃烧你的远方

就让我在生命的征程里带上你

就让我把阳春的第一天献给你

丨世界本混沌丨

自从我有了意识
我知道你是混乱的
有时你狂风骤雨
有时你艳阳高照

当一片雪花被冰冷抛弃
纯净随着一滴雨飘零
当海水被吸进了黑洞
丰盈在一堆流沙荒芜
当欲望和渴求招手时
生命便
留下横七竖八的痕迹

石头缝里会有春天
十里春风挡不住花谢
我们试图在混乱里感悟秩序

自从我有了意识
我知道你是混沌的
他们说盘古开天辟地
我们依旧被一团星云笼罩
好坏对错挤在一起
善恶美丑模糊着生命的边界
蚂蚁忙着在短暂里寻找永恒
佛陀坐在永恒里体验短暂

你说一条狗和一个人
谁的心更清明
一团笑意和一棵小草
谁的姿态更柔软
谁的摆动更真诚

我们试着用数学公式解析混沌
长长的数字后是长长的问号

我们用数字谱成音乐
把问号编成诗歌
在混沌里自娱自乐
满以为得天地之精华

我们在混沌和混乱里碌碌无为
还以为自己创造了世界

也许
我们连过客都不是
也许，我们从未存在过

|我打碎了夕阳|

我打碎了夕阳
暮鼓敲响了晨钟
夕阳的碎片卷着风沙
砌筑起万里长城
照得烽烟四起，残垣低吟
多少历史的歌舞升平
被铁骑踏碎
多少铁骑的孤影在夜的呢喃中
揉碎一池夕阳

我打碎了夕阳
迷茫的心在轮回中寻觅
是谁绞干了黛玉那颗水做的心
又是谁浇灌了天上的仙草
是谁高呼天子将相，宁有种乎
又是谁把朝堂建在天庭
昨日的躯壳已经腐烂

不死的灵魂仍在前行
长安的落日里散了一地的碎影

我打碎了夕阳
黑夜还未觉醒
这纷乱无序的世界
是谁搅混了碧海天青
懦弱的将在黑夜中死去
勇敢的仍在向彼岸前行
那些智者
捡起夕阳的碎影
在月光下洗成如练的明镜
拼接成清晨的第一丝光明

我打碎了夕阳
只为在黑夜中浇灌
那一株叫重生的树

我打碎了夕阳　董欧华

只为在断壁上孕育
那一朵叫温情的花

我打碎了夕阳
夕阳却爱上了我

第五辑 自然之美

| 西湖龙井 |

那一片片漾在西湖春波中的缱绻
舒展着冬的无暇
秋的斑斓和夏的滚烫
携一缕烟雨的相思
被沸水激荡起层层涟漪
一片化作灵隐寺的钟声
于万千心愿中袅袅升腾
一片化作烟雨下的小舟
载三五知己，笛声婉转
一片化作曲院的荷叶
托着月下恋人成双
一片化作清明路上的行人
断肠声声思故人

这缱绻从悬浮到沉淀
浅绿如清晨的雾气
碧绿如朝阳笼照的森林

黄绿如霞光余晖

落叶满地时蒸发了记忆

新绿清香入肠回暖

唇齿间

想起了苏堤青柳下的那个少年

在雨润的春天里

青衣黑伞，笑声朗朗

想起了明前的那杯西湖龙井

紫色铃兰

铃兰
你是如此纤细
如此恬然
小口上晕着
那不胜娇柔的紫
守着艳阳下的清凉
坦白着内心的神秘
仿佛来自昨日
诉说着遥远

你听，你听
那阵阵微风里
我仿佛听到了沙漠的驼铃声
叮当，叮当
哦，我热烈的铃兰
你是远行游子的号角

那飘洒的细雨中
我似乎听到深山寺院墙角的风铃声
叮叮，叮叮
哦，我遗世独立的铃兰
你是佛陀送给婆娑红尘的叮咛

晨光微熹
我分明听到了街上此起彼伏的
自行车的叮当声
丁零零，丁零零

哦，我匆匆前行的铃兰
你是人间的倒影

秋之味

没有桂香的秋天是无味的
没有秋雨的季节是干涩的
在渐凉的风里
一杯清茶舒展春绿
半碗藕羹盛开粉荷
静坐桂花树下
任由沁入心肺的丝丝香甜弥漫
浸润你每一次轻嗅
看粒粒金黄潜入我的茶
你的碗
钻入我的胃
化作岁岁年年秋的记忆
间歇飘来的毛毛细雨
染上你的眼你的眉
恍惚中
湿润了我的心

没有睹物思人

亦不悲秋伤怀

这湿润只为秋雨，只为香桂

只为这润物细无声的自然之韵

只为这一刻的当下之美

隽永于这秋的人间烟火

飘洒

躺在一叶小舟上
海的摇篮晃荡着一轮细月和
满天繁星
经年四季的飘洒密密麻麻地落在心上
那绵如丝的春雨淅沥着满树的樱花
轻歌曼舞的粉色花瓣如痴如醉
红了罗帐，白了头
那漫天的风沙裹挟着如火如荼的红叶
洋洋洒洒的红黄铺满心房
动了情，又迷了眼

桂花等不及梧桐的迟疑
把最后的芳华洒向了秋雨
梧桐叶便把遗憾落满了大街小巷
那片片雪花携着四季的飘落在风的加持下
揽着星辰，拥着大海
弯成了一道长长的银河

躺在纳木措和巴松措幻化的湖边
感受白云，雪水和野花
感受那颗像鱼一样自由游弋的心
让宁静渗透你的血脉
忘记纷争，忘记喧嚣
完完全全融入那片纯静平和

五月的你
来青藏高原做一片海子吧

| 青海湖，我对你的爱没有出口 |

青湖苍茫，冰蓝映天光
波澜不惊，情难断
相思入梦长

青海湖啊，我对你的爱没有出口
你是一颗遗世独立的高原明珠
长江等你千年，你不来
黄河念你四季，你不理

你是静卧在高原的井
我的河在中原奔驰
夜幕降临，井水在寂静中醒来
青海湖在你的眼眸中流泪

天塌地裂，沧海桑田
那积存了亿年的泪水
清澈而深沉

化作翩翩沙鸥，点点星辰

咸润着唇舌

那汪井水没有出口

春纳白雪，秋蓄夏雨

用活着来守候

亿万年前的相会

青海湖

你把痴情凝成了圣洁

那汪井水没有出口

经历过分离，承受过孤独

即使严寒之下冰封三尺

粉身碎骨翻作春水

你把坚定化成信仰

青海湖啊，我对你的爱没有出口

你的情水天上游

我的凡心地上转

就让我们在各自的美好里奔流

在云蒸雾腾的水云里

感知彼此的默契和存在

让我用永不停歇的奔腾

等你同归大海

漫步小岛

晨曦初露，漫步小岛
微风轻拂，涛声拍击海岸
放飞的夏日，忘却繁忙
忘却熙熙攘攘、柴米油盐
城市的喧嚣与沙上的脚印
一起被浪花推向天边

心在海浪里起伏
似鸥鸟般轻盈安然
身在白云间飘浮
透过云层俯瞰小岛
椰影婆娑，只闻鸟语

孤独的小岛
你曾与陆地相连
海啸使你独自漂泊
岁月掩盖了怪石的容颜

却无法消弭难舍的情感
多像一个离乡的旅人
漫游万水千山，风尘满面
魂牵梦萦故乡的饭香
朝思暮念儿时的欢颜
雨季中的小岛
时而风和日丽
时而电闪雷鸣
一场雨落红棉花凋
朝阳又映芭蕉绿

夕阳西坠，百虫齐鸣
奏响错落有致的交响曲
月华星光水间凝
与夜聆听这衷情的鸣唱

小岛啊小岛

可否轻触你的灵魂
可否像你一般
洒脱而迷人
蓬勃着向上的生命力
不畏山穷水尽的磨难
静享柳暗花明的时光

漫步小岛，繁星闪烁
聆听潮起潮落

| 苏州轶事 |

小时候
苏州是一块蜜汁豆腐干
一座香火鼎盛的寒山寺
一方影影绰绰的拙政园
青砖白瓦的小桥流水
在酥软的吴语里流逝

后来
苏州是一汪平地起高楼的金鸡湖
一座座高科技药厂鳞次栉比
隐在滩涂里的投资公司
人来人往
水里弥漫着金钱的影子

这两年
苏州是一个祖传三代的风水先生
一个用双手攒了一条街的绣娘

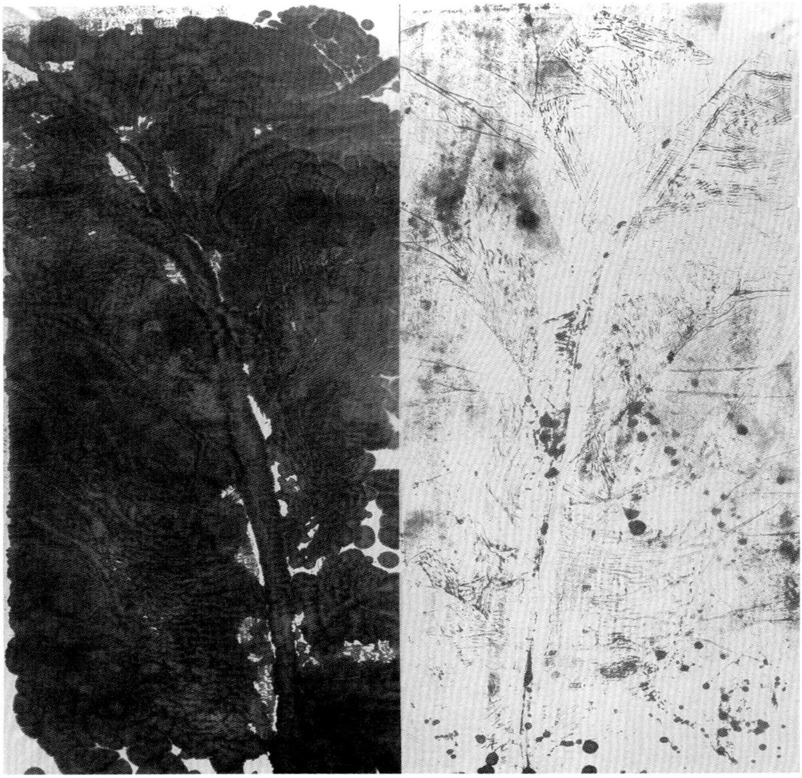

对影 No.1　周晨

一个穿着对襟马卦的旗袍裁缝
喝着茶聊着前世今生
顺手卖掉三身苏绣袍子

今天
苏州是一碗连籽带黄的三虾面
一个和田汉白玉雕的蝉啃玉米
一个在芭蕉叶上勾勒美的设计师
琢磨着天人合一的现代意义

第六辑　古韵新构

不秃的笔

东方城廓蕴青峦
万壑千沟少见人
细露晨曦松寂寂
奇峰夜月影蒙蒙
霞光一缕亭台笼
夏雨连绵白瀑腾
大隐不过于市隐
仙山描骨不描篷

那一支穿越了千年的画笔
浸满了风云雨雪的墨汁
画过千年的佛百年的帝
画过嫁做商人妇的琵琶女
画过荷塘月色芙蓉牡丹
最后，只描青山细水流
野花飘落乱石树

致敬宋山水·范宽　杨建勇

山中柴扉钓鱼翁
那支笔归隐在桃花源

那是一支画不秃的笔
窗外的烽火烧红了天边
金军的战鼓惊心动魄
青山被火光映照
帝王了了，朝代结了
只有那支不秃的笔
漫画石间小草风中摇
潺潺溪水山间行
让一路追寻的目光流连
泪水染红了青石洗绿了草木

那是一支遗落在伊甸园的笔
勾勒着圣山圣水似暗又明
一弯月光照着峥嵘岁月

温柔了嶙峋的巨石
流水的波纹在石壁上荡漾
小轩窗后你泼墨我赌书
黄篱笆里你采桑我养菊
那巍巍青山
穿着赵宋的文墨
闪耀着现代的深邃
在我心中反复描绘
那个桃花源中的你

哦，不秃的笔啊
我在你的山水中
沉沦

蝶恋花·良宵引

燕尔连枝烛映幔
小鹿怦怦
暗揣郎君面
梦里寻他千百遍
前生渡口船头线

秤挑头红今世念
柳木声声
似诉归来燕
院里青蛙声渐绻
春宵月影星河璨

| 声 |

秋波似雾似烟尘
袅袅清音洗水声
婉转悠扬拍浪细
晨钟暮鼓共弦沉
高昂五岳风激荡
流水凝冰人断声
裂帛撕肠千壑振
银瓶玉碎雪缤纷

雪思故雪在

一夜西风暗里行
溪流瀑布共霜凝
晨光暖树冰凌菊
冷雾寒烟冻野萍
遍踏斜径夕照晚
遥闻山谷猿啼明
年年落雪思春切
不解相思不罢吟

| 梅花三弄·爱意浓 |

纤梅柳骨韵初成
静待天寒共雪贞
浅浅清音涟漪起
隐隐暗语浪波腾
含苞欲放枝上立
待字闺中叶下萌
亘亘七徽透夜宇
皑皑雪上艳红尘
悄约月下尽私语
浓守晨晓不启身
荡气回肠情绕梁
红梅泣血意驰骋
浓情蜜意痴不改
长调短音爱愈蓬
不悔巧梅冬傲雪
此曲散尽再来生

渔家傲·酒狂

万里江山秋意起
葡垂稻灿低头戏
麦浪秋波相旖旎
新酿里
秋风入水谷来记

淡寡难调君怅忆
红炉小酒愁肠寄
换盏推杯情外溢
尘世里
五谷烂醉方明志

| 水调歌头 · 清明念外公 |

峰顶雪云倚
嫩柳翠山穹
几枝桃艳压雪
霞落念阿公
雨夜江吴青冢
晓露晨阳残种
杯酒祭青松
漫步梦清影
慈笑冠丛中

小时忆
福幸里
小茶童
假节每遇
花饺翘首酒相浓
曾挑灯前明月
细数膝前欢雀

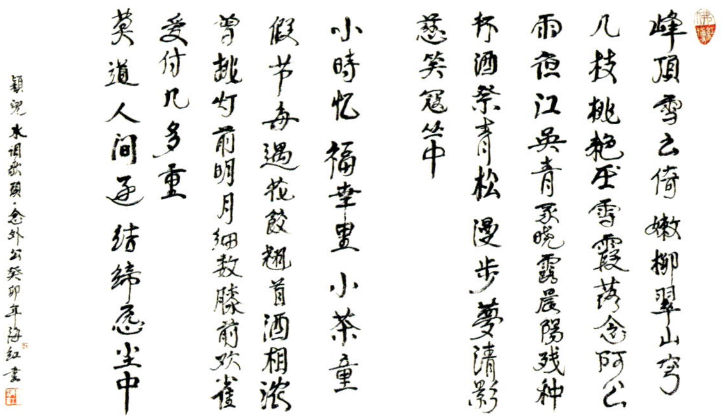

水调歌头·念外公　朱海红

爱付几多重

莫道人间远

结缔愿尘中

｜浣溪沙・宋词新韵秀｜

细柳平桥绿尚浅
丝帛宋音雨缠绵
白鹅旷意水中仙

曲径天街佳丽行
凌波舞袖影翩跹
清欢一晌梦来牵

| 摊破浣溪沙·梦同学 |

夏日炎炎白浪细
堆沙寻贝碧波拍
浅水湾旁无恙问
笑言猜

窗外紫光微露醒
方觉一梦故友来
遥望西山云万里
满青苔

渔家仙

湖光秋月映渔舟
渔网穿梭伴草游
山静谷幽空碧净
朝阳暮霭水云流
捕风掠影群鱼跃
撒网捞星共鹭休
一叶扁舟红叶取
二把木桨橡枝抽
荧荧晓日风摇醒
浩渺烟波雾里走
唯愿此生与水和
戏浪逐波享自由

江南雪　杨建勇

鸥鹭忘机

海水连天洗远坤
渔舟唱晚立蓑翁
翩翩鹭鸟肩头落
缓缓楫蒿翘尾横
朗朗翁心清如雪
陶陶碧水念无痕
渔舟隐隐浊思重
至此鸥旋不近人

图书在版编目（CIP）数据

寻你 / 小地梨著. — 上海 ： 上海辞书出版社，2024
ISBN 978-7-5326-6202-9

Ⅰ. ①寻… Ⅱ. ①小… Ⅲ. ①诗集—中国—当代 Ⅳ. ① I227

中国版本图书馆 CIP 数据核字（2024）第 067560 号

XUN NI

寻你

小地梨 著

责任编辑　章文杰
装帧设计　周　晨

出版发行　上海世纪出版集团
上海辞书出版社（www.cishu.com.cn）
地　　址　上海市闵行区号景路 159 弄 B 座（邮编：201101）
印　　刷　上海雅昌艺术印刷有限公司
开　　本　889毫米 ×1194毫米　1/32
印　　张　9.75
字　　数　20 000
版　　次　2024 年 5 月第 1 版　2024 年 5 月第 1 次印刷
书　　号　ISBN 978-7-5326-6202-9/I・573
定　　价　98.00 元

本书如有质量问题请与承印厂联系。联系电话：021-68798999